经典文学名著金库
名师精评思维导图版

LITERATURE OF CLASSIC

经典文学名著金库
名师精评思维导图版

LITERATURE OF CLASSIC

经典文学名著金库·**名师精评思维导图版**
LITERATURE OF CLASSIC

繁星·春水
冰心专集

冰心 / 原著　　闫仲渝 / 主编

天地出版社 | TIANDI PRESS

序 RECOMMENDATION

中外很多杰出的长者根据自己的切身体会一致承认，在年轻的时候多读一些世界文学名著，是构建健全人格基础的一条捷径。

这是因为，世界文学名著是岁月和空间的凝练，集中了智者对于人性和自然的最高感悟。阅读它们，能够使青少年摆脱平庸和狭隘，发现自己居然能获取那么伟大的精神依托，于是也就在眼前展现出了更为精彩的人生可能。

同时，世界文学名著又是一种珍贵的美学成果，亲近它们也就能领会美的无限魅力。美是一种超越功利、抑制物欲的圣洁理想，有幸在青少年时期充分接受过美的人，不管今后从事什么职业，大多会毕生散发出美的因子，长久地保持对于丑陋和恶俗的防范。一个人的高雅素质，便与此有关。

然而，话虽这么说，这件事又面临着很多风险。例如，不管是小学生还是中学生，课程分量本已不轻，又少不了各种少年或是青春的游戏，真正留给课余阅读的时间并不很多。这一点点时间，还极有可能被流行风潮和任性癖好所席卷。他们吞嚼了大量无聊的东西，不幸成了信息爆炸的牺牲品。

为此，我总是一次次焦急地劝阻学生们，不要陷入滥读的泥淖。我告诉他们："当你占有了一本书，这本书也占有了你。书有高下优劣，而你的生命不可重复。"我又说："你们的花苑还非常娇嫩，真不该让那么多野马来纵横践踏。"不少学生相信了我，但又都眼巴巴地向我提出了问题："那么，我们该读一些什么书？"

这确实是广大学者、教师和一切年长读书人都应该承担的一个使命。为学生们选书,也就是为历史选择未来,为后代选择尊严。

这套"经典文学名著金库",正是这种努力的一项成果。丛书在精选书目上花了不少功夫,然后又由一批浸润文学已久的作者进行缩写。这种缩写,既要忠实于原著,又要以浅显简洁的形态让广大青少年学生能够轻松地阅读,快乐地品赏。有的学生读了这套丛书后发现自己最感兴趣的是其中哪几部,可以再进一步去寻找原著。因此,它们也就成了进一步深入的桥梁。

除了青少年读者,很多成年人也会喜欢这样的丛书。他们在年轻时也可能陷入过盲目滥读的泥淖,也可能穿越过无书可读的旱地,因此需要补课。即使在年轻时曾经读得不错的那些人,也可以通过这样的丛书来进行轻快的重温。由此,我可以想象两代人或三代人之间一种有趣的文学集结。家长和子女在同一个屋顶下围绕着相同的作品获得了共同的人文话语,实在是一件非常愉快的事情。

特此推荐。

思维导图

主要内容

诗集
- 《繁星》《春水》
  记录诗人一些零碎的思想,主要包括诗人对母爱、童真和自然的赞颂,以及对人生哲理的思索。

散文
- 《寄小读者》系列通讯
  向小朋友讲述国外的风土人情和国内的建设成就,表达对小朋友的殷切期望之情。

小说
- 《去国》《超人》《分》《小桔灯》等
  描绘冰心生活的时代,表达冰心对世人的拳拳爱心。

繁星·春水 冰心专集

作者

简介及代表作
冰心,原名谢婉莹,现代散文家、诗人、儿童文学家。

代表作:
《繁星》《春水》《寄小读者》《再寄小读者》《三寄小读者》《小桔灯》

文学成就
冰心在儿童文学和散文方面均取得了巨大成就。并且,冰心还是中国现代儿童文学的奠基人之一。

名人评价

一代代的青年读到冰心的书,懂得了爱:爱星星、爱大海、爱祖国、爱一切美好的事物。我希望年轻人都读一点儿冰心的书,都有一颗真诚的爱心。
——中国著名作家巴金

冰心由《繁星》《春水》**开创了新诗的小诗文体。**其特色有三：第一，哲理性强；第二，文字清新隽永、明白晓畅；第三，蕴含着温婉的柔情。

冰心的散文"抒真情""写实境"，充满爱意与柔情，还兼具文言文的典雅与白话文的流畅。

在"爱的哲学"的理念下，冰心的小说总有种温柔的特质，**情节往往在不徐不疾的节奏中展开，给人清新、舒缓的感受。**

诗歌

散文

小说

文学特色

繁星·春水 冰心专集

经典名句

墙角的花！
**你孤芳自赏时，
天地便小了。**

青年人呵！
为着后来的回忆，
　小心着意的描你现在的图画。

青年人！
只是回顾么？
这世界是不住的前进呵。

成功的花，
人们只惊慕她现时的明艳！
**然而当初她的芽儿，
　浸透了奋斗的泪泉，
　洒遍了牺牲的血雨。**

目录 CONTENTS

- 繁星 ... 1
- 春水 ... 66
- 寄小读者 ... 140
- 再寄小读者 ... 157
- 我的童年 ... 173
- 三寄小读者 ... 184
- 去国 ... 193
- 庄鸿的姊姊 ... 206
- 超人 ... 212
- 分 ... 219
- 冬儿姑娘 ... 229
- 好妈妈 ... 235
- 小桔灯 ... 240
- 《冰心专集 繁星·春水》读后感 ... 244
- 谁言寸草心，报得三春晖 ... 245

繁星

自序

一九一九年的冬夜,和弟弟冰仲围炉读泰戈尔(R. Tagore)的《迷途之鸟》(Stray Birds),冰仲和我说:"你不是常说有时思想太零碎了,不容易写成篇段么?其实也可以这样的收集起来。"从那时起,我有时就记下在一个小本子里。

一九二〇年的夏日,二弟冰叔从书堆里,又翻出这小本子来。他重新看了,又写了"繁星"两个字,在第一页上。

一九二一年的秋日,小弟弟冰季说,"姊姊!你这些小故事,也可以印在纸上么?"我就写下末一段,将它发表了。

是两年前零碎的思想,经过三个小孩子的鉴定。《繁星》的序言,就是这个。

冰 心

九,一,一九二一

一

繁星闪烁着——
　深蓝的太空,
　何曾听得见他们对语?
沉默中,
　微光里,
　　他们深深的互相颂赞了。

二

童年呵!
是梦中的真,
　是真中的梦,
　　是回忆时含泪的微笑。

三

万顷的颤动——
　深黑的岛边,
　　月儿上来了,
生之源,
死之所!

四

小弟弟呵!

我灵魂中三颗光明喜乐的星。

温柔的,

 无可言说的,

  灵魂深处的孩子呵!

五

黑暗,

 怎样的描画呢?

心灵的深深处,

 宇宙的深深处,

  灿烂光中的休息处。

六

镜子——

 对面照着,

反而觉得不自然,

 不如翻转过去好。

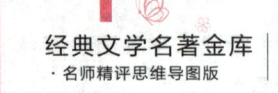

七

醒着的，

　　只有孤愤的人罢！

听声声算命的锣儿，

　　敲破世人的命运。

八

残花缀在繁枝上；

鸟儿飞去了，

　　撒得落红满地——

　　　生命也是这般的一瞥么？

九

梦儿是最瞒不过的呵，

清清楚楚的，

　　诚诚实实的，

　　　告诉了

你自己灵魂里的密意和隐忧。

一〇

嫩绿的芽儿,

　　和青年说：

"发展你自己！"

淡白的花儿,

　　和青年说：

"贡献你自己！"

深红的果儿,

　　和青年说：

"牺牲你自己！"

一一

无限的神秘,

　　何处寻它？

微笑之后,

　　言语之前,

　　　便是无限的神秘了。

一二

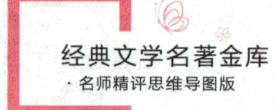

人类呵!
相爱罢,
　我们都是长行的旅客,
　　向着同一的归宿。

一三

一角的城墙,
　蔚蓝的天,
　　极目的苍茫无际——
　　　即此便是天上——人间。

一四

我们都是自然的婴儿,
　卧在宇宙的摇篮里。

一五

小孩子!
你可以进我的园,

你不要摘我的花——

看玫瑰的刺儿，

　　刺伤了你的手。

一六

青年人呵！

为着后来的回忆，

　　小心着意的描你现在的图画。

一七

我的朋友！

为什么说我"默默"呢？

世间原有些作为，

　　超乎语言文字以外。

一八

文学家呵！

着意的撒下你的种子去，

　　随时随地要发现你的果实。

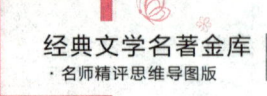

一九

我的心,

　　孤舟似的,

　　　穿过了起伏不定的时间的海。

二〇

幸福的花枝,

　　在命运的神的手里,

　　　寻觅着要付与完全的人。

二一

窗外的琴弦拨动了,

　　我的心呵!

怎只深深的绕在余音里?

是无限的树声,

　　是无限的月明。

二二

生离——

　　是朦胧的月日,

死别——

　　是憔悴的落花。

二三

心灵的灯,

　　在寂静中光明,

　　　　在热闹中熄灭。

二四

向日葵对那些未见过白莲的人,

　　承认他们是最好的朋友。

白莲出水了,

　　向日葵低下头了:

她亭亭的傲骨,

　　分别了自己。

二五

死呵!

起来颂扬它;

是沉默的终归,

是永远的安息。

二六

高峻的山巅,

　深阔的海上——

是冰冷的心,

　是热烈的泪;

可怜微小的人呵!

二七

诗人,

　是世界幻想上最大的快乐,

　也是事实中最深的失望。

二八

故乡的海波呵!

你那飞溅的浪花,

从前怎样一滴一滴的敲我的盘石,

　现在也怎样一滴一滴的敲我的心弦。

二九

我的朋友,

　对不住你;

我所能付与的慰安,

　只是严冷的微笑。

三〇

光阴难道就这般的过去么?

除却缥缈的思想之外,

　一事无成!

美文赏析 MeiwenShangxi

　　《繁星》是冰心的第一部诗集。诗集中,一篇篇短小凝练的诗歌,如同诗人最爱的大海所溅出的朵朵浪花,将诗人"零碎的思想"点点撒落开来。

　　在诗集的起始,诗人将自己仰望星空时的感受含蓄婉转地表述出来,通过沉默的繁星间"深深的互相颂赞",发出了爱的呼唤:要彼此相爱,因为"我们都是长行的旅客,向着同一的归宿";要爱自然,因为"我们都是自然的婴儿",来自"万顷的颤动"——大海,最终也要回到这"生之源,死之所"。我们身处自然这座花园,要懂得欣赏它的美丽,不要摘那鲜艳的花朵,"看玫瑰的刺儿,刺

伤了你的手"——毫无节制的贪念，最终将受到自然的惩罚。在呼唤爱的同时，诗人也表达了对青年人的关爱。以"芽儿""花儿""果儿"象征人生的不同阶段，诗人对青年人谆谆教诲，要青年人："发展你自己！""贡献你自己！""牺牲你自己！"因为，诗人十分清楚，"青年人呵！为着后来的回忆，小心着意的描绘你现在的图画。"——只有青年时期奋发有为，年老时才不会后悔。否则，只有"一事无成"。

诗人点点体悟与关爱，随着这三十首小诗涓涓流出，其中虽也有自己心中的苦闷与疑惑，但始终沿着爱的河道行进，绵延悠长，滋润着人们的心田。

● 写作借鉴

诗人十分擅长使用比喻的修辞手法，并通过比喻使诗歌更加形象生动，更富文采。比如，在第四首小诗中，作者将"小弟弟"比作"星"，通过星星闪烁不定的特征，将"小弟弟"带给我的光明、喜乐具体可感地表现出来，令人印象深刻。

● 延伸思考

1. 第五首小诗中，诗人写出了自己对"黑暗"的认识。你觉得诗人心目中的"黑暗"是什么样的，你自己所认识的"黑暗"又是什么样的？
2. 第八首小诗中，作者通过"残花""鸟儿""落红"等意象，发出疑问："生命也是这般的一瞥么？"你觉得其中的深意是什么？
3. 结合自身经历，谈一谈你对第一五首小诗的理解。

三一

文学家是最不情的——

　　人们的泪珠，

　　　　便是他的收成。

三二

玫瑰花的刺，

　　是攀摘的人的嗔恨，

　　是她自己的慰乐。

三三

母亲呵！

撇开你的忧愁，

　　容我沉酣在你的怀里，

　　　　只有你是我灵魂的安顿。

三四

创造新陆地的，

　　不是那滚滚的波浪，

　　却是它底下细小的泥沙。

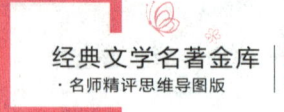

三五

万千的天使,

　要起来歌颂小孩子;

小孩子!

他细小的身躯里,

　含着伟大的灵魂。

三六

阳光穿进石隙里,

　和极小的刺果说:

"借我的力量伸出头来罢,

　解放了你幽囚的自己!"

树干儿穿出来了,

　坚固的盘石,

　裂成两半了。

三七

艺术家呵!

你和世人,

　难道终久的隔着一重光明之雾?

三八

井栏上,

　听潺潺山下的河流——

　　料峭的天风,

　　　吹着头发;

天边——地上,

　一回头又添了几颗光明,

　　是星儿,

　　　还是灯儿?

三九

梦初醒处,

　山下几叠的云衾里,

　　瞥见了光明的她。

朝阳呵!

临别的你,

　已是堪怜,

　　怎似如今重见!

四〇

我的朋友！
你不要轻信我，
　贻你以无限的烦恼，
　　我只是受思潮驱使的弱者呵！

四一

夜已深了，
　我的心门要开着——
一个浮踪的旅客，
　思想的神，
　　在不意中要临到了。

四二

云彩在天空中，
　人在地面上——
思想被事实禁锢住，
　便是一切苦痛的根源。

四三

真理,

　　在婴儿的沉默中,

　　　　不在聪明人的辩论里。

四四

自然呵!

请你容我只问一句话,

　　一句郑重的话:

　　"我不曾错解了你么?"

四五

言论的花儿

　　开的愈大,

行为的果子,

　　结得愈小。

四六

松枝上的蜡烛,

　　依旧照着罢!

反复的调儿,

　　弹再一阕罢!

等候着,

　　远别的弟弟,

　　　　从夜色里要到门前了。

四七

儿时的朋友:

海波呵,

　　山影呵,

　　　　灿烂的晚霞呵,

　　　　　　悲壮的喇叭呵;

我们如今是疏远了么?

四八

弱小的草呵!

骄傲些罢,

　　只有你普遍的装点了世界。

四九

零碎的诗句,

　　是学海中的一点浪花罢;

然而它们是光明闪烁的,

　　繁星般嵌在心灵的天空里。

五〇

不恒的情绪,

　　要迎接它么?

它能涌出意外的思潮,

　　要创造神奇的文字。

五一

常人的批评和断定,

　　好像一群瞎子,

　　　　在云外推测着月明。

五二

轨道旁的花儿和石子!

只这一秒的时间里,

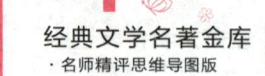

我和你

　　是无限之生中的偶遇，

　　　　也是无限之生中的永别；

再来时，

　　万千同类中，

　　　何处更寻你？

五三

我的心呵！

警醒着，

　　不要卷在虚无的旋涡里！

五四

我的朋友！

起来罢，

　　晨光来了，

　　　要洗你的隔夜的灵魂。

五五

成功的花，

人们只惊慕她现时的明艳！
然而当初她的芽儿，
　　浸透了奋斗的泪泉，
洒遍了牺牲的血雨。

五六

夜中的雨，
　　丝丝的织就了诗人的情绪。

五七

冷静的心，
　　在任何环境里，
　　都能建立了更深微的世界。

五八

不要羡慕小孩子，
　　他们的知识都在后头呢，
　　　烦闷也已经隐隐的来了。

五九

谁信一个小"心"的呜咽。

颤动了世界？

然而它是灵魂海中的一滴。

六〇

轻云淡月的影里，

风吹树梢——

你要在那时创造你的人格。

美文赏析

　　正如诗人在第四九首小诗中所说，自己作的这些"零碎的诗句"，虽然只是"学海中的一点浪花"，但却是自己一瞬间的感悟，是照亮自己内心的繁星。

　　如何才能使自己的内心明亮澄澈呢？诗人告诉我们，要迎接心中"不恒的情绪"。只有时刻观察周围的事物，不断地思索，才能见微知著，才能使自己的笔端"涌出意外的思潮""创造神奇的文字"。

　　是的，诗人认为，作为一名艺术家，作为一名文学家，应该深入到生活中去，不应脱离世人，和他们产生隔阂，如同"隔着一重光明之雾"；应该以爱来关照世人，不应将世人的"泪珠"——痛苦，作为自己的"收成"——作品的来源。

在这种思想的指导下，诗人以自己敏感的内心，满怀爱意地赞美世间的万物，努力迎接那"不恒的情绪"，探索隐藏在事物背后的深刻哲理。

为此，诗人赞美被人忽视的、微不足道的"泥沙""刺果""草"，发掘出它们平凡中的伟大、弱小中的力量，认为它们如同那"小孩子"一般，"细小的身躯里，含着伟大的灵魂"；诗人赞美母爱的伟大，因为只有母亲才会宽容孩子的过失，撇开自己的忧愁，心甘情愿地做孩子"灵魂的安顿"；诗人亦赞美自然，渴望人与自然和谐共处。因此，诗人不止一次地向自然问道："我不曾错解了你么？""我们如今是疏远了么？"

诗人以敏感的心灵，观察着世界，探寻着真理，将自己繁星般"光明闪烁"的感悟向我们娓娓道来，让人甘之如饴。

● 好词好句

攀摘　嗔恨　沉酣　潺潺　料峭　思潮　禁锢　辩论
疏远　装点　零碎　闪烁　警醒　浸透　颤动　轻云淡月

● 延伸思考

1. 通过阅读第四三首小诗，谈谈你对真理有了什么样的认识。
2. 第四五首小诗讲述了一个什么样的道理，你有过诗中所说的类似情况吗？
3. 第五五首小诗为我们讲述了成功背后的故事，你觉得一个人如何才能获得成功呢？

六一

风呵!

不要吹灭我手中的蜡烛,

  我的家远在这黑暗长途的尽处。

六二

最沉默的一刹那顷,

  是提笔之后,

    下笔之前。

六三

指点我罢,

  我的朋友!

我是横海的燕子,

  要寻觅隔水的窝巢。

六四

聪明人!

要提防的是:

忧郁时的文字，

 愉快时的言语。

六五

造物者呵！

谁能追踪你的笔意呢？

百千万幅图画，

 每晚窗外的落日。

六六

深林里的黄昏，

 是第一次么？

又好似是几时经历过。

六七

渔娃！

可知道人羡慕你？

终身的生涯，

 是在万顷柔波之上。

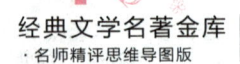

六八

诗人呵!

缄默罢;

写不出来的,

　　是绝对的美。

六九

春天的早晨,

　　怎样的可爱呢!

融洽的风,

　　飘扬的衣袖,

　　　静悄的心情。

七〇

空中的鸟!

何必和笼里的同伴争噪呢?

你自有你的天地。

七一

　　这些事——

是永不漫灭的回忆；

月明的园中，

 藤萝的叶下，

  母亲的膝上。

七二

西山呵！

别了！

我不忍离开你，

 但我苦忆我的母亲。

七三

无聊的文字，

 抛在炉里，

  也化作无聊的火光。

七四

婴儿，

 是伟大的诗人，

  在不完全的言语中，

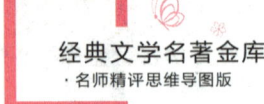

吐出最完全的诗句。

七五

父亲呵!

出来坐在月明里,

　我要听你说你的海。

七六

月明之夜的梦呵!

远呢?

近呢?

但我们只这般不言语,

听——听

这微击心弦的声!

眼前光雾万重,

　柔波如醉呵!

沉——沉。

七七

小盘石呵,

坚固些罢,

　　准备着前后相催的波浪!

七八

真正的同情,

　　在忧愁的时候,

　　不在快乐的期间。

七九

早晨的波浪,

　　已经过去了;

晚来的潮水,

　　又是一般的声音。

八〇

母亲呵!

我的头发,

　　披在你的膝上,

　　　这就是你付与我的万缕柔丝。

八一

深夜！
请你容疲乏的我，
　　放下笔来，
　　　　和你有少时寂静的接触。

八二

这问题很难回答呵，
　　我的朋友！
什么可以点缀了你的生活？

八三

小弟弟！
你恼我么？
灯影下，
　　我只管以无稽的故事，
　　　　来骗取你，
绯红的笑颊，
　　凝注的双眸。

八四

寂寞呵！

多少心灵的舟，

  在你软光中浮泛。

八五

父亲呵！

我愿意我的心，

  像你的佩刀，

    这般的寒生秋水！

八六

月儿越近，

  影儿越浓，

    生命也是这般的真实么？

八七

知识的海中，

  神秘的礁石上，

    处处闪烁着怀疑的灯光呢。

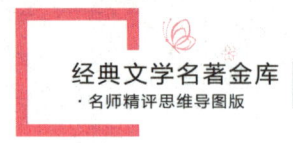

感谢你指示我,

　　生命的舟难行的路!

八八

冠冕?

　　是暂时的光辉,

　　　　是永久的束缚。

八九

花儿低低的对看花的人说:

　"少顾念我罢,

　　我的朋友!

让我自己安静着,

　　开放着,

　　　你们的爱

是我的烦扰。"

九〇

坐久了,

　　推窗看海罢!

将无边感慨，

　　都付与天际微波。

美文赏析 Meiwen Shangxi

　　诗人生长在一个充满爱的温暖家庭中，对她来说，母爱是伟大的，是心灵的避风港；亲情是温馨的，是寂寞时的慰藉。诗人在爱的沐浴下成长，并将点点滴滴的感受，化作了这清新自然、含蓄隽永的诗的片段。

　　在这些小诗中，诗人回忆了自己与母亲相依相偎的生活场景。通过"月明的园中，藤萝的叶下"这清幽的画面，诗人将自己依偎在"母亲的膝上"的情景诗意地描绘出来，表露了自己对母亲的爱与思念；通过谐音的表现手法，诗人将自己对母亲的"万缕柔丝（思）"诉诸笔端；通过衬托的写作手法，诗人以对童年的伙伴——"西山"之爱，反衬出对母亲浓浓的深情。此外，诗人还追忆了父亲为自己描绘大海的情景；回忆了自己为弟弟讲述故事时，弟弟那憨态可掬的模样。诗人对家人的爱通过这点滴片段的记录汩汩流淌出来，不徐不疾，真切感人。

　　爱滋润了诗人的心灵，可是在思想上，诗人却依旧苦闷彷徨。作为五四时期的青年，诗人如同一只想要横渡大海的海燕，在云谲波诡的大海中奋力翱翔，"要寻觅隔水的窝巢"，探寻生活的真谛、世间的真理。然而，诗人却迷失在了这茫茫大海之中，她不得不求助于朋友的点拨。诗人希望寻求到通往真理的光明之路，然而一路上狂风怒号、黑暗重重，她不得不向风来乞求，希望它"不要吹灭了我手中的

蜡烛"。

　　虽然探寻真理的道路晦暗不明，诗人也不忘欣赏沿途的自然风景。"每晚窗外的落日""深林里的黄昏""春天的早晨"……在诗人朴素的笔端轻轻地、缓缓地铺展开来，让人在这素雅的意境中，体会自然的诗意、诗意的自然。

● 写作借鉴

　　衬托是一种常用的写作手法，它是用相似的事物或者相反的、有差别的事物做陪衬，从而突出所要刻画的事物或所要表达的理念或感情。在第七二首小诗中，诗人便运用衬托的写作手法，以自己对"西山"的爱衬托出自己对母亲的爱，从而将自己对母亲的爱表达得更为生动感人。

● 延伸思考

1. 第六四首小诗中，诗人为什么要提醒我们提防"忧郁时的文字，愉快时的言语"？

2. 谈一谈你对第七三首小诗的理解，并根据自身经历，说一说你觉得什么样的文字是无聊的。

3. "什么可以点缀了你的生活？"在第八二首小诗中，诗人认为这个问题很难回答。你觉得难回答吗？你认为，"什么可以点缀了你的生活"呢？

九一

命运！

难道聪明也抵抗不了你？

生——死

　都挟带着你的权威。

九二

朝露还串珠般呢！

去也——

　风冷衣单

　　何曾入到烦乱的心？

朦胧里数着晓星，

　怪驴儿太慢，

　　山道太长——

梦儿欺枉了我，

　母亲何曾病了？

归来也——

　辔儿缓了，

　　阳光正好，

　　　野花如笑；

看朦胧晓色，

　　隐着山门。

九三

我的心呵！

是你驱使我呢，

　　还是我驱使你？

九四

我知道了，

　　时间呵！

你正一分一分的，

　　消磨我青年的光阴！

九五

人从枝上折下花儿来，

　　供在瓶里——

　　　到结果的时候，

　　　　却对着空枝叹息。

九六

影儿落在水里，

　句儿落在心里，

　　都一般无痕迹。

九七

是真的么？

人的心只是一个琴匣，

　不住的唱着反复的音调！

九八

青年人！

信你自己罢！

只有你自己是真实的，

　也只有你能创造你自己。

九九

我们是生在海舟上的婴儿，

　不知道

先从何处来，

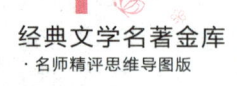

要向何处去。

一〇〇

夜半——

　　宇宙的睡梦正浓呢！
独醒的我，

　　可是梦中的人物？

一〇一

弟弟呵！
似乎我不应勉强着憨嬉的你，

　　来平分我孤寂的时间。

一〇二

小小的花，

　　也想抬起头来，

　　　　感谢春光的爱——
然而深厚的恩慈，

　　反使她终于沉默。
母亲呵！

你是那春光么？

一〇三

时间！

现在的我，

　　太对不住你么？

然而我所抛撇的是暂时的，

　　我所寻求的是永远的。

一〇四

窗外人说桂花开了，

　　总引起清绝的回忆；

一年一度，

　　中秋节的前三日。

一〇五

灯呵！

感谢你忽然灭了；

在不思索的挥写里，

　　替我匀出了思索的时间。

一〇六

老年人对小孩子说：

"流泪罢，

　　叹息罢，

　　　　世界多么无味呵！"

小孩子笑着说：

"饶恕我，

　　先生！

我不会设想我所未经过的事。"

小孩子对老年人说：

"笑罢，

　　跳罢，

　　　　世界多么有趣呵！"

老年人叹着说：

"原谅我，

　　孩子！

我不忍回忆我所已经过的事。"

一〇七

我的朋友！

珍重些罢,

　不要把心灵中的珠儿,

　　抛在难起波澜的大海里。

一〇八

心是冷的,

　泪是热的;

心——凝固了世界,

　泪——温柔了世界。

一〇九

漫天的思想,

　收合了来罢!

你的中心点,

　你的结晶,

　　要作我的南针。

一一〇

青年人呵!

你要和老年人比起来,

就知道你的烦闷，

　　是温柔的。

一一〇

太单调了么？

琴儿，

　　我原谅你！

你的弦，

　　本弹不出笛儿的声音。

一一一

古人呵！

你已经欺哄了我，

　　不要引导我再欺哄后人。

一一二

父亲呵！

我怎样的爱你，

　　也怎样爱你的海。

一一四

"家"是什么,

　我不知道;

但烦闷——忧愁,

　都在此中融化消灭。

一一五

笔在手里,

　句在心里,

　　只是百无安顿处——

　　远远地却引起钟声!

一一六

海波不住的问着岩石,

　岩石永久沉默着不曾回答;

然而它这沉默,

　已经过百千万回的思索。

一一七

小茅棚,

菊花的顶子——

在那里

要感出宇宙的独立！

一一八

故乡！

何堪遥望，

何时归去呢？

白发的祖父，

不在我们的园里了！

一一九

谢谢你，

我的琴儿！

月明人静中，

为我颂赞了自然。

一二〇

母亲呵！

这零碎的篇儿，

你能看一看么？

这些字，

在没有我以前，

已隐藏在你的心怀里。

美文赏析 MeiwenShangxi

家是什么？对于诗人来说，家是烦闷、忧愁"都在此中融化消灭"的地方，家中有亲爱的母亲、敬爱的父亲、"憨嬉的"弟弟，家是让自己魂牵梦萦的所在。在第九二首小诗中，诗人以白描的手法，将自己离家、归家时的心境娓娓道来，尤其是诗人离家时梦到母亲生病的情景，更是写出了诗人对家的眷恋、对母亲的思念。

母爱滋润着诗人的成长，以至诗人认为自己所写的"这零碎的篇儿"，在自己出生之前，就已经蕴藏在母亲的心怀里了。是母亲，塑造了自己诗意的心灵。在诗人眼中，母亲"深厚的恩慈"，是难以回报的。在第一〇二首小诗中，诗人化用了唐代著名诗人孟郊《游子吟》中的千古名句"谁言寸草心，报得三春晖"，将自己无以回报母恩的愧疚之心以女性特有的细腻笔触表达了出来，温婉深切，情真意浓。

家对诗人有着重要的意义，而时间呢？它对诗人来说又意味着什么呢？

"你正一分一分的，消磨我青年的光阴！"对于诗人来说，时光易逝，青春短暂，时间是何等的珍贵！然而诗人却不得不浪费一些光阴，因为在她看来，"……我所抛撒的是暂时的，我所寻求的是永远的"。诗人所追寻的是生命中永恒的真理，所以只能"对不住"时间，将那"暂时的"用来寻求"永远的"了。而人便在这毫无声息的流光中，由小孩子至青年，由青年至老年。时间赋予了人生每个阶段不同的经历与体悟，第一〇六、一一〇首小诗便是诗人对此的感悟：小孩子、青年人朝气蓬勃，有着创造生命的无限可能，他们是值得赞扬鼓励的。而老年人在时光的磨蚀下，锐气消减，心灰意冷，他们的心态是需要青年人引以为戒的。

透过时间，诗人进一步探讨了人本身这个哲学问题。在诗人看来，"我们都是海舟上的婴儿"，不知从何处而来，也不知要到何处而去。在茫茫的宇宙中，人到底是真实存在的，还只是宇宙在睡梦中的"梦中的人物"，是虚幻的假象？这些哲学问题，诗人并没有给我们解答。可是，它们一经诉诸笔端，又怎能不引起我们去思考、探索呢？或许，这就是诗人的用意所在吧。

● **好词好句**

权威　朦胧　欺枉　驱使　消磨　恩慈　饶恕　珍重　波澜　漫天

● **延伸思考**

1. 第一〇二首小诗中，诗人是如何表达对母恩的感激的？联系自身实际，说一说你的妈妈是如何爱你的，你应该如何感谢她。

2. 体会第一一四首小诗，谈一谈你对"家"的认识。

一二一

露珠，

　　宁可在深夜中，

　　　和寒花作伴——

却不容那灿烂的朝阳，

　　给她丝毫暖意。

一二二

我的朋友！

真理是什么，

　　感谢你指示我；

然而我的问题，

　　不容人来解答。

一二三

天上的玫瑰，

　　红到梦魂里；

天上的松枝，

　　青到梦魂里；

天上的文字，

却写不到梦魂里。

一二四

"缺憾"呵！

"完全"需要你，

在无数的你中，

衬托出它来。

一二五

蜜蜂，

是能溶化的作家；

从百花里吸出不同的香汁来？

酿成它独创的甜蜜。

一二六

荡漾的，是小舟么？

青翠的，是岛山么？

蔚蓝的，是大海么？

我的朋友！

重来的我，

何忍怀疑你，

　　只因我屡次受了梦儿的欺枉。

一二七

流星，

　　飞走天空，

　　　　可能有一秒时的凝望？

然而这一瞥的光明，

　　已长久遗留在人的心怀里。

一二八

澎湃的海涛，

　　沉黑的山影——

　　夜已深了，

　　　　不出去罢。

看呵！

一星灯火里，

　　军人的父亲，

　　　　独立在旗台上。

一二九

倘若世间没有风和雨,

　　这枝上繁花,

　　　又归何处?

　只惹得人心生烦厌。

一三○

希望那无希望的事实,

　解答那难解答的问题,

　　便是青年的自杀!

一三一

大海呵!

　哪一颗星没有光?

　哪一朵花没有香?

　哪一次我的思潮里

　　没有你波涛的清响?

一三二

我的心呵!

你昨天告诉我,

　　世界是欢乐的;

今天又告诉我,

　　世界是失望的;

明天的言语,

　　　又是什么?

教我如何相信你!

一三二

我的朋友!

未免太忧愁了么?

"死"的泉水,

　　是笔尖下最后的一滴。

一三四

怎能忘却?

夏之夜,

　　明月下,

幽栏独倚。

粉红的莲花,

深绿的荷盖，

　　缟白的衣裳！

一三五

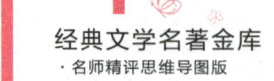

我的朋友！

你曾登过高山么？

你曾临过大海么？

在那里，

　　是否只有寂寥？

　　只有"自然"无语？

你的心中

　　是欢愉还是凄楚？

一三六

风雨后——

　　花儿的芬芳过去了，

　　　　花儿的颜色过去了，

果儿沉默的在枝上悬着。

花的价值，

　　要因着果儿而定了！

一三七

聪明人！

抛弃你手里幻想的花罢！

她只是虚无缥缈的，

　　反分却你眼底春光。

一三八

夏之夜，

　　凉风起了！

　　　襟上兰花气息，

　　　　绕到梦魂深处。

一三九

虽然为着影儿相印：

我的朋友！

　　你宁可对模糊的镜子，

　　不要照澄澈的深潭，

　　　她是属于自然的！

一四〇

小小的命运，

　　每日的转移青年；

命运是觉得有趣了，

　　然而青年多么可怜呵！

一四一

思想，

　　只容心中游漾。

刚拿起笔来，

　　神趣便飞去了。

一四二

一夜——

　　听窗外风声。

　　　　可知道寄身山巅？

烛影摇摇，

　　影儿怎的这般清冷？

似这般山河如墨，

　　只是无眠——

一四三

　　心潮向后涌着，

　　　　时间向前走着；

　　青年的烦闷，

　　　　便在这交流的旋涡里。

一四四

　　阶边，

　　　　花底，

　　　　　　微风吹着发儿，

　　　　　　　　是冷也何曾冷！

　　这古院——

　　　　这黄昏——

　　　　　　这丝丝诗意——

　　　　　　　　绕住了斜阳和我。

美文赏析 MeiwenShangxi

"青年"是诗人关注并热情颂扬的一个群体，在他们身上，洋溢着蓬勃的朝气，蕴含着无限的希望。然而，作为五四时期的青年，他们在探索民族独立、国家富强的道路上也有着自己的困惑与迷茫。对此，身为青年的诗人亦感同身受，她将这些苦闷与迷惑诉诸笔端，既是对时代的记录，亦是对青年思想的关照。

诗人对青年是极其关爱的，因为诗人敏锐地感觉到青春是残酷的。青年虽有强健的体魄、充沛的精力，然而他们的思想尚未成熟，能力亦未达到实现理想的程度。他们苦闷于"那无希望的事实""那难解答的问题"，在命运的捉弄下无所适从，在时间的裹挟下蹉跎岁月。诗人亦有这样的苦闷。在第一三二首小诗中，她便展现出了自己因社会现实时而欢乐、时而痛苦的内心世界。但是，诗人是乐观的，她劝导青年不要"太忧愁"，因为"'死'的泉水，是笔尖下最后的一滴"——青年离暮气沉沉的"死亡"还早着呢。因此，青年要乐观，要向上，要有独立思考的精神——"……我的问题，不容人来解答"。

"自然"亦是诗人钟情的。在诗人眼中，"自然"如同身着雅致衣衫的哲人，既散发着诗意的气质，又蕴含着满腹的哲理。在她的小诗中，既有对自然真切的描绘与赞美，亦有通过自然景物而揭示出的哲理。

"大海"是诗人的最爱，仅仅在以上三十几首小诗中，"大海"的意象便出现了四五次。诗人的父亲是一位海军军官，诗人从小与大海亲近，与其说诗人深爱大海，毋宁说诗人深爱父亲，深深眷恋那逝去的童年时光。"花儿"亦是诗人诗中经常出现的意象。诗人或借"花儿"为清雅的景色增添一抹明丽的色彩，如第一三四首小诗中"粉红的莲花"；或借"花儿"的清香营造亦真亦幻的情境，如第一三八首小诗中"襟上兰花气息"；或借"花儿"抒发自己的感悟，如第一二九首小诗中"枝上繁花"——未经风雨洗礼打击的繁花，即使艳丽，即便芬芳，也"只惹得人心生烦厌"而已。而第一三六首小诗中经历风雨的"花儿"，当风雨洗尽其铅华，它的价值便以累累硕果显露出来。人的价值又何尝不是如此呢？

"青年""自然"是诗人反复吟咏的主题之一，在它们身上，有诗人所追求的真、所追求的善、所追求的美。

● 写作借鉴

排比是一种修辞手法，运用这种手法，可以加强文章的气势，增强文章的情感，使文章读来朗朗上口，极富音韵。比如，在第一二六、一三一首小诗中，诗人便运用排比的修辞手法，将三个反问句式排列在一起，既营造出三种不同的意境，又增强了自己所要抒发的情感，使小诗读来韵味悠长、真切感人。

● 延伸思考

1. 第一二四首小诗中，诗人探讨了"缺憾"与"完全"的关系，你是如何理解二者之间的关系的？

2. 第一二五首小诗中，诗人通过"蜜蜂酿蜜"表达出什么样的哲理？请读一读唐代诗人罗隐的《蜂》，比较一下这两首诗之间的异同。

3. 第一二六首小诗中，诗人为什么说自己"屡次受了梦儿的欺枉"呢？

4. 第一三七首小诗中，诗人所说的"手里幻想的花"指的是什么？这首小诗传达出了什么样的哲理？

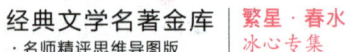

一四五

心弦呵！

弹起来罢——

  让记忆的女神，

    和着你调儿跳舞。

一四六

文字，

  开了矫情的水闸；

听同情的泉水，

  深深地交流。

一四七

将来，

  明媚的湖光里，

    可有个矗立的碑？

怎敢这般沉默着——想。

一四八

只这一枝笔儿：

拿得起，

　　放得下，

　　　便是无限的自然！

一四九

无月的中秋夜，

　　是怎样的耐人寻味呢！

隔着层云，

　　隐着清光。

一五〇

独坐——

　　山下湿云起了。

　　　更隔院断续的清磬。

这样黄昏，

　　这般微雨，

　　　只做就些儿惆怅！

一五一

智慧的女儿！

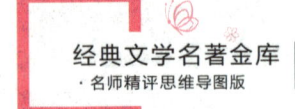

向前迎住罢，

"烦闷"来了，

　　要败坏你永久的工程。

一五二

我的朋友！

不要任凭文字困苦你；

文字是人做的，

　　人不是文字做的！

一五三

是怜爱，

　　是温柔，

　　　　是忧愁——

这仰天的慈像，

　　融化了我冻结的心泉。

一五四

总怕听天外的翅声——

小小的鸟呵！

羽翼长成,

　你要飞向何处?

一五五

白的花胜似绿的叶,

　浓的酒不如淡的茶。

一五六

清晓的江头,

　白雾濛濛,

是江南天气,

　雨儿来了——

　　我只知道有蔚蓝的海,

　　　却原来还有碧绿的江,

　　　　这是我父母之乡!

一五七

因着世人的临照,

　只可以拂拭镜上的尘埃,

　　却不能增加月儿的光亮。

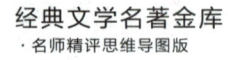

一五八

我的朋友!

雪花飞了,

　　我要写你心里的诗。

一五九

母亲呵!

天上的风雨来了,

　　鸟儿躲到它的巢里;

心中的风雨来了,

　　我只躲到你的怀里。

一六〇

聪明人!

文字是空洞的,

　　言语是虚伪的;

你要引导你的朋友,

　　只在你

　　　　自然流露的行为上!

一六一

大海的水，

　是不能温热的；

孤傲的心，

　是不能软化的。

一六二

青松枝，

　红灯彩，

　　和那柔曼的歌声——

小弟弟！

感谢你付与我，

　寂静里的光明。

一六三

片片的云影，

　也似零碎的思想么？

然而难将记忆的本儿，

　将它写起。

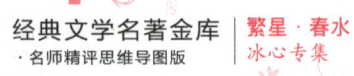

一六四

我的朋友！

别了，

　　我把最后一页，

　　　留与你们！

美文赏析 MeiwenShangxi

在最后一首小诗中，诗人要将"最后一页"留给我们。那么，我们该怎样用文字抒写自己的情感与感悟呢？要知道，那一刹那间的感悟如同"片片的云影"，是"零碎的思想"，转瞬即逝，是难以把握和记录的。而文字虽然如同"开了矫情（此处为"别出新意，与众不同"的意思）的水闸"，能够释放心中的情感，但是如果囿于文字，又会使人为之"困苦"。"文字是人做的，人不是文字做的！"生搬硬造的文字，只会让人觉得"空洞"，而从中宣泄出的情感也会让人觉得"虚伪"。记住，只有"自然流露的行为"才能引导他人，才能展现真实的自己。

是的，唯有真实自然，我们才能如同诗人那样，谱写出属于自己的性灵之作。看一看上面这二十首小诗吧，诗中，诗人以自然的笔触抒发自己内心真实的感悟：诗人赞美母爱的伟大，将自己喻为躲避风雨的"鸟儿"，将母亲的怀抱喻为鸟儿的归巢。只有躲在母亲的臂弯里，诗人才觉得平安喜乐。诗人是如此爱恋母亲，以至于"总怕听天外的翅声"。诗人害怕自己长大，因为自己这只"小小的鸟"，一旦

"羽翼长成",就得离开母亲,飞向远方;诗人亦描摹自己喜爱的自然。诗人不用华丽的辞藻,只是简简单单几笔白描,便将自己的心境和自然的风景诗意地勾勒出来。在她的笔下,黄昏的细雨、烟雨中的江南,是那么清新淡雅、纤柔温婉。

"诗为心声",《繁星》作为诗人的第一部诗集,闪闪烁烁地展示出诗人的内心世界。在诗中,诗人赞美母爱、赞美自然、赞美童真、赞美青年,简直就是一首首赞美诗的集合;在诗中,诗人通过自然的意象将自己的感悟传达出来,处处洋溢着哲思的气息。小诗虽短,却也如深蓝太空中的繁星一般,有自己的光,有自己的意。

● 好词好句

明媚　矗立　耐人寻味　惆怅　拂拭　空洞　孤傲　柔曼

● 延伸思考

1. 通过阅读第一四六、一五二、一六〇首小诗,谈一谈你对"文字"的理解。

2. 第一五一首小诗中,"烦闷"指的是什么?如果是你,该如何迎接"烦闷"呢?

3.《繁星》最后一首小诗中,诗人说要把最后一页留给我们。那么,你想在最后一页上面写些什么呢?

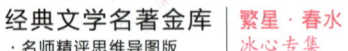

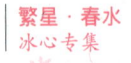

春水

自序

"母亲呵!

这零碎的篇儿,

  你能看一看么?

这些字,

  在没有我以前,

    已隐藏在你的心怀里。"

——录《繁星》一二〇

冰 心

十一,二一,一九二二

一

春水！

　又是一年了，

　还这般的微微吹动。

可以再照一个影儿么？

春水温静的答谢我说：

"我的朋友！

　我从来未曾留下一个影子，

　　不但对你是如此。"

二

四时缓缓的过去——

百花互相耳语说：

"我们都只是弱者！

　甜香的梦

　　轮流着做罢，

　憔悴的杯

　　也轮流着饮罢，

上帝原是这样安排的呵！"

三

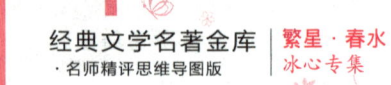

青年人！

你不能像风般飞扬，

　　便应当像山般静止。

浮云似的

　　无力的生涯，

只做了诗人的资料呵！

四

芦荻，

　　只伴着这黄波浪么？

趁风儿吹到江南去罢！

五

一道小河

　　平平荡荡的流将下去，

只经过平沙万里——

　　自由的，

　　　沉寂的，

它没有快乐的声音。

一道小河

　　曲曲折折的流将下去,

只经过高山深谷——

　　险阻的,

　　　　挫折的,

它也没有快乐的声音。

我的朋友!

感谢你解答了

　　我久闷的问题,

平荡而曲折的水流里,

　　青年的快乐

　　　　在其中荡漾着了!

六

诗人!

不要委屈了自然罢,

　　"美"的图画,

　　　要淡淡的描呵!

七

一步一步的扶走——
　　半隐的青紫的山峰
　　怎的这般高远呢？

八

月呵！
　　什么做成了你的尊严呢？
深远的天空里，
　　只有你独往独来了。

九

倘若我能以达到，
　　上帝呵！
何处是你心的尽头，
　　可能容我知道？
远了！
　　远了！
　　我真是太微小了呵！

一〇

忽然了解是一夜的正中,

白日的心情呵!

　不要侵到这境界里来罢。

一一

南风吹了,

将春的微笑

　从水国里带来了!

一二

弦声近了,

　瞽目者来了,

弦声远了,

　无知的人的命运

　　也跟了去么?

一三

白莲花!

　清洁拘束了你了——

但也何妨让同在水里的红莲

　　来参礼呢?

一四

自然唤着说:

"将你的笔尖儿

　　浸在我的海里罢!

　　人类的心怀太枯燥了。"

一五

沉默里,

　　充满了胜利者的凯歌!

一六

心呵!

　　什么时候值得烦乱呢?

　　为着宇宙,

　　为着众生。

一七

红墙衰草上的夕阳呵!

快些落下去罢,

  你使许多的青年人颓老了!

一八

冰雪里的梅花呵!

  你占了春先了。

看遍地的小花

  随着你零星开放。

一九

诗人!

  笔下珍重罢!

众生的烦闷

  要你来慰安呢。

二〇

山头独立,

  宇宙只一人占有了么?

二一

只能提着壶儿

　　看她憔悴——

同情的水

　　从何灌溉呢？

　　她原是栏内的花呵！

二二

先驱者！

　　你要为众生开辟前途呵，

　　束紧了你的心带罢！

二三

平凡的池水——

　　临照了夕阳，

　　便成金海！

二四

小岛呵！

　　何处显出你的挺拔呢？

无数的山峰

　　沉沦在海底了。

二五

吹就雪花朵朵——

朔风也是温柔的呵！

二六

　　我只是一个弱者！

光明的十字架

　　容我背上罢，

　　我要抛弃了性天里

　　暗淡的星辰！

二七

大风起了！

　　秋虫的鸣声都息了！

二八

影儿欺哄了众生了，

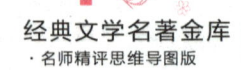

天以外——

月儿何曾圆缺？

二九

一般的碧绿，

　　只多些温柔。

西湖呵，

　　你是海的小妹妹么？

三〇

天高了，

　　星辰落了。

　　晓风又与睡人为难了！

三一

诗人！

自然命令着你呢，

　　静下心潮

　　　　听它呼唤！

三二

　　渔舟归来了,

　　　　看江上点点的红灯呵!

美文赏析 MeiwenShangxi

　　《春水》是《繁星》的姐妹篇,在这部诗集中,诗人"珍重"地记录下自己一刹那的感悟,以一首首简短、充满哲理的小诗,安慰"众生的烦闷",探寻"青年的快乐",继续自己"爱"的旅程。

　　诗人关爱青年,因为同为青年的她,深深了解五四一代青年的苦闷与彷徨。她告诫青年,不要沉溺于回忆中,不要期盼在如"春水"的时光中留下自己的身影,顾影自怜,不思进取。青年人,要应时奋发,"你不能像风般飞扬,便应当像山般静止",决不能如"浮云似的"蹉跎岁月,不学无术,亦不能将命运交予"瞽目者"——算命之人的手中。人要抓住自己的命运,亲自探寻那快乐的真谛。如同百花在自然的安排下,轮流去做那"甜香的梦",轮流去饮那"憔悴的杯",遍尝酸甜苦辣,快乐也有规律可循,那就是置身于"平荡而曲折的水流里"。唯有经历平淡与苦难,青年才能体会到快乐的真正滋味!相比之下,此时困扰我们的东西,都是不值一提的。"心呵!什么时候值得烦乱呢?为着宇宙,为着众生。"只有人类的前途命运才是真正值得我们去"烦乱"的事情。

　　诗人热爱自然。诗人认为,"人类的心怀太枯燥了",只有"静下心潮",听从自然的呼唤,将笔浸润在自然的怀中,才能体会到自然"'美'的图画",才能将其"淡淡的"描出。亲近自然,你才能体会到西湖如小妹妹般的温柔、江上点点"红灯"——渔火的明艳瑰丽;亲近自然,你才能获得与众不同的感触,即便凛冽的朔风,也能发现它温柔可爱的一面;亲近自然,你还能从自然的平凡之中发现伟大——平凡的池水,在夕阳的映照下,竟成了金海;看似低矮的小岛,不知比"沉沦"到海下的山峰高出多少呢!

诗人在赞美自然,亦在探索真理。而真理如同"半隐的青紫的山峰"般缥缈高远,需要我们"一步一步的扶走"去探究;更需要"为众生开辟前途"的"先驱者",束紧了自己的"心带",意志坚定地去战斗,义无反顾地去做世人的领路人。

● **好词好句**

憔悴 沉寂 险阻 挫折 荡漾 委屈 独往独来 拘束
凯歌 枯燥 开辟

● **延伸思考**

1. 第五首小诗中,诗人讲述了快乐的真谛。结合自己的生活经历,说一说你觉得什么是真正的快乐。
2. 仔细体会第七首小诗,说一说小诗中的"山峰"指的是什么。
3. 第一七首小诗中,诗人为什么催促夕阳"快些落下去"呢?

三三

墙角的花！

你孤芳自赏时，

　　天地便小了。

三四

青年人！

　　从白茫茫的地上

　　找出同情来罢。

三五

嫩绿的叶儿

　　也似诗情么？

颜色一番一番的浓了。

三六

老年人的"过去"，

　　青年人的"将来"，

在沉思里

　　都是一样呵！

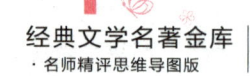

三七

太空！

揭开你的星网，

容我瞻仰你光明的脸罢。

三八

秋深了！

　　树叶儿穿上红衣了！

三九

水向东流，

　　月向西落——

诗人，

　　你的心情

　　　　能将她们牵住了么？

四〇

黄昏——深夜

　　槐花下的狂风，

　　　　藤萝上的蜜雨，

可能容我暂止你?

病的弟弟

　　刚刚睡浓了呵!

四一

小松树,

　　容我伴你罢,

　　山上白云深了!

四二

晚霞边的孤帆,

　　在不自觉里

　　完成了"自然"的图画。

四三

春何曾说话呢?

　　但她那伟大潜隐的力量,

　　　已这般的

　　温柔了世界了!

四四

旗儿举正了,

　　聪明的先驱者呵!

四五

山有时倾了,

　　海有时涌了。

　　一个庸人的心志

　　　　却终古竖立!

四六

不解放的行为,

　　造就了自由的思想!

四七

人在廊上,

　　书在膝上,

拂面的微风里

　　　知道春来了。

四八

萤儿自由的飞走了,

　　无力的残荷呵!

四九

自然的微笑里,

　　融化了

　　人类的怨嗔。

五〇

何用写呢?

　　诗人自己

　　便是诗了!

五一

鸡声——

　　鼓舞了别人了!

　　它自己可曾得到慰安么?

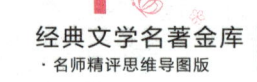

五二

微倦的沉思里——

　　鸽儿的弦风

　　将诗情吹破了!

五三

春从微绿的小草里

　　和青年说:

　　"我的光照临着你了,

　　　　从枯冷的环境中

　　创造你有生命的人格罢!"

五四

白昼从那里长了呢?

　　远远墙边的树影

　　　都困慵得不移动了。

五五

野地里的百合花,

　　只有自然

是你的朋友罢。

五六

狂风里——

远树都模糊了,

造物者涂抹了他黄昏的图画了。

五七

小蜘蛛!

停止你的工作罢,

只网住些儿尘土呵!

五八

冰似山般静寂,

山似水般流动,

诗人可以如此的支配它么?

五九

乘客呼唤着说:

"舵工!

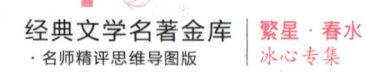

小心雾里的暗礁罢。"

舵工宁静的微笑说：

"我知道那当行的水路，

　　这就够了！"

六〇

流星——

　　只在人类内天空里是光明的；

它从黑暗中飞来，

　　又向黑暗中飞去，

　　　生命也是这般的不分明么？

六一

弟弟！

　　且喜又相见了，

　　我回忆中的你，

　　哪能像这般清晰？

六二

我要挽那"过去"的年光，

但时间的经纬里

已织上了"现在"的丝了!

六三

柳花飞时,

　燕子来了;

芦花飞时,

　燕子又去了;

但她们是一样的洁白呵!

六四

婴儿,

在他颤动的啼声中

　有无限神秘的言语,

从最初的灵魂里带来

　要告诉世界。

美文赏析 MeiwenShangxi

　　在冰心的小诗中,常常出现关于"春"的意象,它既与时间的往复相关联,如开篇起始处的"春水",又被诗人用来表达其他抽象的概念或思想。在诗人眼中，"春"无声无息，不可触摸，然而却具有一股"温柔了世界"的"伟大潜隐的力量"。五四时期，暗涌的改革社会的思潮不也如"春"一样吗？它虽然潜伏着，但已具备了变革社会的力量。这潜伏着的巨大力量，如同春光滋润"微绿的小草"般，给予青年以养料、生机，使青年"从枯冷的环境中"创造属于自己的"有生命的人格"。可是，如何寻觅这具备"伟大潜隐的力量"的"春"呢？诗人向我们指明了方向——"人在廊上，书在膝上"，书中自有"春天"，自有那"拂面的微风"。只有从书中汲取知识，人才能辨明前行的方向，才能发现"那当行的水路"——正确的道路，而不必留意"雾里的暗礁"——错误的道路。

　　晦暗不明的社会现实，使人心生怨嗔，而"自然的微笑"却可以将其融化。自然对于诗人来说，便是陶冶身心的乐园。

　　在这里，诗人任自己的童真、想象肆意驰骋，以天真烂漫的笔触描画着自己喜爱的自然：那"嫩绿的叶儿"渐渐浓绿的过程，不正如诗人心头起伏不定的诗潮，"一番"接着"一番"涌来吗？那秋天的红叶，真像是脱下莹莹绿装，换了一身火红的衣服呀！而那"晚霞边的孤帆"，在无意中便构成了一幅浑然天成的佳作，让人心旷神怡。

　　在这里，诗人亦借助自然的景物，阐发自己的感悟，表达自己的情感。那"墙角的花"本已渺小，如果再没有自知之明，"孤芳自赏"，那么它的天地便会愈加狭小了。对于人，又何尝不是如此呢？"孤芳自赏"的人，一样看不到广阔的天地。

　　诗人借着这一首首小诗，将自己的感悟与情思深情款款地道出，既启蒙心智，又熨帖人心。

● 写作借鉴

　　对比，是一种常用的表现手法，往往将有差异或有矛盾的事物放置在一起，从而在比较中分出好坏与高下，突显出作者的写作意图。比如，第四六首小诗中，诗人便运用对比的手法，通过"不解放"与"自由"的对比，鞭挞了当时专制的统治，表达了人们渴望自由的心声。

● 延伸思考

1. 第三四首小诗中，诗人为什么呼吁青年人找出"同情"呢？

2. 第三六首小诗中，老年人的"过去"和青年人的"将来"指的是什么？

3. 第五五首小诗中，诗人为什么说只有自然是野地里的百合花的朋友？

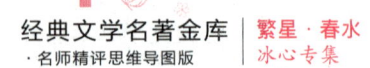

六五

只是一颗孤星罢了！

　在无边的黑暗里

　已写尽了宇宙的寂寞。

六六

清绝——

是静寂还是清明？

　只有凝立的城墙，

　　被雪的杨柳，

　冷又何妨？

白茫茫里走入画图中罢！

六七

信仰将青年人

　扶上"服从"的高塔以后，

　便把"思想"的梯儿撤去了。

六八

当我自己在黑暗幽远的道上

当心的慢慢走着,

我只倾听着自己的足音。

六九

沉寂的渊底,

 却照着

  永远红艳的春花。

七〇

玫瑰花的浓红

 在我眼前照耀,

伸手摘将下来,

 她却萎谢在我的襟上。

我的心低低的安慰我说:

"你隔绝了她和'自然'的连结,

  这浓红便归尘土;

青年人!

 留意你枯燥的灵魂。"

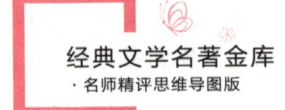

七一

当我浮云般

自来自去的时候,

真觉得宇宙太寂寞了!

七二

郁倦的春风

只送些"不宁"来了!

　城墙——

　　微绿的杨柳——

　　　都隐没在飞扬的尘土里。

　　这也是人生断片的烦闷呵!

七三

我的朋友!

　倘若春花自由的开放时,

　　无意中愁苦了你,

你当原谅它是受自然的指挥的。

七四

在模糊的世界中——

　　我忘记了最初的一句话,

　　也不知道最后的一句话。

七五

昨日游湖,

今夜听雨,

　　这雨点已落到我心中的湖上,

　　　　滴出无数的叠纹了!

七六

寂寞增加郁闷,

　　忙碌铲除烦恼——

我的朋友!

　　快乐在不停的工作里!

七七

只坐在阶边说笑——

山上的楼台

斜阳照着,

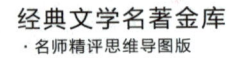

何曾不想一登临呢?

　　清福不要一日享尽了呵!

七八

可曾有过?

　　钓矶独坐——

满湖柔波

　　看人春泛。

七九

我愿意在离开世界以前

　　能低低告诉它说:

　　　　"世界呵,

　　　　我彻底的了解你了!"

八〇

当我看见绿叶又来的时候,

　　我的心欣喜又感伤了。

勇敢的绿叶呵!

记否去秋黯淡的离别呢？

八一

我独自

　　经过了青青的松柏，

　　　　上了层层的石阶。

祈年殿

　　庄严地在黄尘里，

我——

　　我只能深深的低首了！

八二

我的朋友，

　　不要让春风欺哄了你。

　　花色原不如花香啊！

八三

微雨的山门下，

　　石阶湿着——

只有独立的我

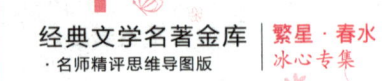

和缕缕的游云,

这也是"同参密藏"么?

八四

灯下拔了剑儿出鞘,

　细看——凝想

　　只有一腔豪气。

竟忘却

　血珠鲜红

　泪珠晶白。

八五

我的朋友!

倘若你忆起这一湖春水,

要记住

　它原不是温柔,

　只是这般冰冷。

八六

谈笑着走下层阶,

斜阳里——

偶然后头红墙,

前瞻黄瓦,

霎时间我了解什么是"旧国"了,

我的心灵从此凄动了!

八七

青年人!

只是回顾么?

这世界是不住的前进呵。

八八

春徘徊着来到

这庄严的坛上——

在无边的清冷里,

只能把一丝春意,

交付与阶隙里

微小的草儿了。

八九

桃花无主的开了,

　　小草无主的青了,

世人真痴呵!

　　为何求自然的爱来慰安呢!

九〇

聪明人!

　　在这漠漠的世界上,

　　只能提着"自信"的灯儿

　　　进行在黑暗里。

九一

对着幽艳的花儿凝望,

　　为着将来的果子

　　只得留它开在枝头了!

九二

星儿!

　　世人凝注着你了,

导引他们的眼光

　　超出太空以外罢！

九三

一阵风来——

　　湖水向后流了，

　　　　石矶向前走了，

迷惘里……

　　我——我脑中的海岳呵！

九四

什么是播种者的喜悦呢！

　　倚锄望——

　　到处有青青之痕了！

九五

月儿——

在天下的水镜里，

　　这边光明，

　　　　那边黯淡。

但在天上却只有一个。

九六

"什么时候来赏雪呢？"

"来日罢。"

"来日"过去了。

"什么时候来游湖呢？"

"来年罢。"

"来年"过去了。

"什么时候来工作呢！

来生么？"

我微笑而又惊悚了！

美文赏析 MeiwenShangxi

"世界"是具体而抽象的，它蕴藏万物而又变幻莫测。诗人渴望看到这个混沌世界的真实面目，然而，此时的世界对诗人来说是"漠漠的""黑暗"的。可是，诗人并不灰心。她知道人的心中总有冲破黑暗的欲望与力量，而此刻人们所要做的，就是"提着'自信'的灯儿进行在黑暗里"。

诗人呼唤像"星儿"一样的引导者，能够使人的目光"超出太空以外"以窥世界的全貌。"信仰"或许便是一颗明亮的"星儿"吧，可是诗人敏锐地指出，"信仰"往往使人丧失独立思考的能力，成为"服从"的奴隶。人如果丧失了独立思考的能力，便会为"信仰"所奴役，成为"信仰"自我实现的暴力工具。第八四首小诗中，诗人便直陈担忧，提醒我们要思考暴力之后惨痛的后果。

诗人以悲悯的心爱着世人，体悟着世界。她安慰世人不要因为"春花自由的开放"而"愁苦"自身所受的羁绊，因为自然自有其规律。青年人应该做的，是感悟自然之间的联系，探寻事物的本质，不要一味地回顾过去。

最后，诗人在第九六首小诗中，以对话的形式形象生动地展现"拖延症"的可怕，警醒青年要惜时奋进。

好词好句

清寂　幽远　萎谢　枯燥　隐没　铲除　登临　黯淡　徘徊
清冷　漠漠　惊悚

延伸思考

1. 通过第六七首小诗，谈谈你对"信仰"的认识。

2. 第七六首小诗中，诗人说："快乐在不停的工作里！"你有这样的体会吗？

3. 第八八首小诗中，诗人通过"春"与"微小的草儿"表达了什么样的思想感情？

九七

寥廓的黄昏，

　　何处着一个彷徨的我？

母亲呵！

我只要归依你，

心外的湖山，

　　容我抛弃罢！

九八

我不会弹琴，

　　我只静默的听着；

我不会绘画，

　　我只沉寂的看着；

我不会表现万全的爱，

我只虔诚的祷告着。

九九

"幽兰！

　　未免太寂寞了，

不愿意要友伴么？"

"我正寻求着呢？

但没有别的花儿

肯开在空谷里。"

一〇〇

当青年人肩上的重担

忽然卸去时，

他勇敢的心

便要因着寂寞而悲哀了！

一〇一

我的朋友！

最后的悲哀

还须禁受，

在地球粉碎的那一日，

幸福的女神，

要对绝望众生

作末一次凄感的微笑。

一〇二

我的问题——

　　我的心

　　　　在光明中沉默不答。

我的梦

　　却在黑暗里替我解明了!

一〇三

智慧的女儿!

在不住的抵抗里,

你永远不能了解

　　什么是人类同情。

一〇四

鱼儿上来了,

水面上一个小虫儿漂浮着——

在这小小的生死关头,

我微弱的心

　　忽然颤动了!

一〇五

造物者——

　　倘若在永久的生命中

　　　　只容有一极乐的应许。

　我要至诚地求着:

　"我在母亲的怀里,

　　母亲在小舟里,

小舟在月明的大海里。"

一〇六

诗人从他的心中

　滴出快乐和忧愁的血。

在不知不觉里

　已成了世界上同情的花。

一〇七

只是纸上纵横的字——

　纵横的字,

　　哪有词句呢?

　只重叠的墨迹里

已留下当初凝想之痕了!

一〇八

母亲呵!

　乳娘不应诓弄脆弱的我,

　谁最初的开了

我心宫里悲哀之门呢?

——你拭干我现在的

　微笑中的泪珠罢——

楼外丐妇求乞的悲声,

　将我的心从睡梦中

　　重重的敲碎了!

她将我的母亲带去了,

　母亲不在摇篮边了。

这是我第一次感出

　世界的虚空呵!

一〇九

夜正长呢!

　　能下些雨儿也好。

窗外果然滴沥了——

　　数着雨声罢!

　　只依旧是烦郁么?

一一〇

聪明人,

　　纤纤的月,

　　　　完满在后头呢!

　　姑且容淡淡的云影

　　遮蔽着她罢。

一一一

小麻雀!

　　休飞进田垄里。

垄里,

　　遍地弹机

　　正静静的等着你。

一一二

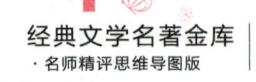

浪花愈大,

  凝立的盘石

  在沉默的持守里,

    快乐也愈大了。

一一三

星星——

  只能白了青年人的发,

  不能灰了青年人的心。

一一四

我的朋友!

  不要随从我。

我的心灵之灯

  只照自己的前途呵!

一一五

两行的红烛燃起了——

堂下花阴里，

　　隐着浅红的夹衣。

髫年的欢乐

　　容她回忆罢！

一一六

山上的楼窗不见了，

　　灯花烬也！

天风里

　　危岩独倚，

　　便小草也是伴侣了！

一一七

梦未终——

　　窗外日迟迟，

　　　堂前又遇见伊！

牵牛花！

　　昨夜灵魂里攀摘的悲哀，

　　可曾身受么？

一一八

紫藤萝落在池上了。

花架下

　长昼无人，

只有微风吹着叶儿响。

一一九

诗人的心灵？

　只合颤动么？

平凡的急管繁弦，

　已催他低首了！

一二〇

"祖父千秋，

　同祝一杯酒！"

明灯下，

　笑声里，

　面颊都晕红了！

妹姊们！

何必当初?

　到如今酒阑人散——

苦雨孤灯的晚上,

　只添我些凄清的回忆呵!

一二一

世人呵!

　暂时的花儿

　　原不配供在永久的瓶里,

　这稚弱的生机,

　　请你怜悯罢!

一二二

自然的话语

　太深微了,

聪明人的心

　却是如何的简单呵!

一二三

几天的微雨,

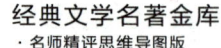

将春的消息隔绝了。

无聊里——

几朵枯花,

　只拈来凝想。

原是去年的言语呵,

也可作今日的慰安么?

一二四

黄昏了——

　湖波欲睡了——

走不尽的长廊呵!

一二五

修养的花儿

　在寂静中开过去了,

成功的果子

　便要在光明里结实。

一二六

虹儿!

你后悔么？

雨后的天空

偶然出现，

世间儿女

已画你的影儿在罗带上了。

美文赏析 MeiwenShangxi

在《孟子》中，有这样一句话："恻隐之心，人皆有之。"所谓"恻隐之心"，便是人类的同情心。同情心建立在爱的基础上，唯有爱，才能使人心生怜悯，同情万物。

在冰心的小诗中，诗人从心中"滴出快乐和忧愁的血"，浇灌出"世界上同情的花"，向那不住抵抗的"智慧的女儿"阐释了"什么是人类同情"。

"人类同情"便是对自然万物的爱，对人类命运的忧虑。在第九九首小诗中，诗人看到空谷幽兰的孤寂，便希望它能找到自己的伴侣，从而含蓄地流露出诗人对孤身奋斗的"战士"的同情；在第一〇〇首小诗中，诗人表达了对卸去重任的青年人命运的担忧，因为青年人一旦失去奋斗的目标，往往会陷入寂寞的泥淖中难以自拔；在第一〇四、一一一首小诗中，诗人流露出对弱者命运的忧虑。那漂浮在河上、即将落入鱼儿口中的小虫儿，那飞入田垄、毫无戒备的小麻雀，牵挂着诗人满是爱的心灵，让人不禁对弱者多舛的命运感到悲哀；在第一二一首小诗中，诗人甚至替花儿恳求世人的怜悯，不要将其摘离花枝，插入瓶中，要让它在枝头尽情绽放。

诗人因爱而对世界充满同情，而这在诗人看来却是来自己的母亲。在第一〇八首小诗中，诗人记述了母亲对楼外丐妇的怜悯。这种对穷苦之人的爱不仅影响到诗人，使诗人继承了母亲的博爱，而且打开了诗人"心宫里悲哀之门"。因为，母亲不在自己的摇篮边，使诗人"第一次感出世界的虚空"。

诗人对母亲是依恋的，诗人需要母爱抚慰自己彷徨无措的内心。为此，诗人宁愿抛弃自己热爱的"心外的湖山"，也要归依到母亲的怀抱中。诗人甚至认为世界上最快乐的事，便是"我在母亲的怀里，母亲在小舟里，小舟在月明的大海里"。诗人通过三句平实的话语，将对母爱、童真、自然的赞颂融为一体，诗意无穷。

● 好词好句

寥廓　彷徨　归依　抛弃　静默　虔诚　颤动　纵横　纤纤
遮蔽　髫年　晕红　凄清　怜悯

● 延伸思考

1. 第九九首小诗中，"幽兰"和"别的花儿"有什么区别，它们分别代表现实生活中的哪些人？

2. 第一〇五首小诗中，诗人表达了什么样的感情？试用文字将诗人描绘出的意境具体呈现出来。

3. 第一一二首小诗中，诗人通过"浪花"与"盘石"的对决，表达了什么样的思想感情？

一二七

清晓——

　　静悄悄地走入园里，

万有都在睡梦中呵！

　　除却零零的露珠

　　　　谁是伴侣呢？

一二八

海洋将心情深深的分断了——

　　十字架下的婴儿呵！

隔着清波

　　只能有泛泛的微笑么？

一二九

朝阳下的鸟声清啭着，

　　窗帘吹卷了，

　　又听得叶儿细响——

无奈诗人的心灵呵！

　　不许他拿起笔儿

　　　　却依旧这般凝想。

一三〇

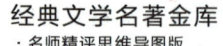

这时又是谁在海舟上呢？

　水面黄昏

　　凭栏的凝眺——

山中的我

　　只合空想了。

一三一

青年人！

　觉悟后的悲哀

　　只深深的将自己葬了。

原也是微小的人类呵！

一三二

花又在瓶里了，

　书又在手里了，

但——

　　是今年的秋雨之夜！

一三三

只两朵昨夜襟上的玉兰,

　便将晓风和朝阳

　　都深深地记在心里了。

一三四

命运如同海风——

吹着青春的舟,

　飘摇的,

　　曲折的,

渡过了时光的海。

一三五

梦里采撷的天花,

　醒来不见了——

我的朋友!

人生原有些愿望!

只能永久的寄在幻想里!

一三六

洞谷里的小花
　无力的开了,
　　又无力的谢了。
便是未曾领略过春光呵,
　却也应晓得!

一三七

沉默着罢!
　在这无穷的世界上,
弱小的我
　原只当微笑
　　不应放言。

一三八

幢幢的人影,
　沉沉的烛光——
都将永别的悲哀,
　和人生之谜语,
　　刻在我最初的回忆里了。

一三九

这奔涌的心潮
　只索倩《楞严》来壅塞了。
无力的人呵！
　究竟会悟到"空不空"么？

一四〇

遨游于梦中罢！
在那里
　只有自由的言笑，
　　率真的心情。

一四一

雨后——
　随着蛙声，
荷盘上的水珠，
　将衣裳溅湿了。

一四二

玫瑰花开了。

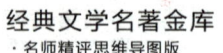

为着无聊的风,

　　小小的水边

　　　　竟不想再去了。

诗人的生涯

　　只终于寂寞么?

一四三

揭开自然的帘儿罢!

　　艺术的婴儿,

　　　　正卧在真理的娘怀里。

一四四

诗人也只是空写罢了!

　　一点心灵——

何曾安慰到

　　雨声里痛苦的征人?

一四五

我的心开始颤动了——

　　当我默默的

敞着楼窗，

对着大海，

自然无声的谢我说：

"我承认我们是被爱的了。"

一四六

经验的花

　结了智慧的果

智慧的果，

　却包着烦恼的核！

一四七

绿荫下

　沉思的坐着——

游丝般的诗情呵！

迷濛的春光

　　刚将你抽出来，

　叶底园丁的剪刀声

　　又将你剪断了。

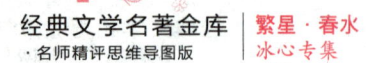

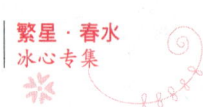

一四八

谢谢你!
　我的朋友!
这朵素心兰
　请你自己戴着罢。
我又何忍辞谢她?
但无论是玫瑰
　　是香兰,
我都未曾放在发儿上。

一四九

上帝呵!
　即或是天阴阴地,
　　　人寂寂地,
只要有一个灵魂
　守着你严静的清夜,
寂寞的悲哀,
　便从宇宙中消灭了。

一五〇

岩下

　缓缓的河流，

　　深深的树影——

指点着

　细语着，

许多诗意

　笼盖在月明中。

一五一

浪花后

　是谁荡桨？

这桨声

　侵入我深思的圈儿里了！

一五二

先驱者！

　绝顶的危峰上

　　可曾放眼？

　便是此身解脱，

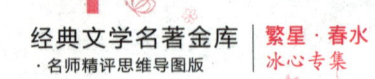

也应念着山下

劳苦的众生!

一五三

笠儿戴着,

　牛儿骑着,

　　眉宇里深思着——

小牧童!

一般的沐着大地上的春光呵,

　完满的无声的赞扬,

诗人如何比得你!

一五四

柳条儿削成小桨,

　莲瓣儿做了扁舟——

容宇宙中小小的灵魂,

　轻柔地泛在春海里。

一五五

病后的树荫

也比从前浓郁了，

开花的枝头，

　却有小小的果儿结着。

　我们只是改个庞儿相见呵！

一五六

睡起——

　廊上黄昏，

　　薄袖临风；

　庭院水般清，

　　心地镜般明；

是画意还是诗情？

一五七

姊姊！

　清福便独享了罢，

　何须寄我些春泛的新诗？

心灵里已是烦忙

　又添了未曾相识的湖山，

　　频来入梦。

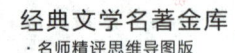

一五八

先驱者！

　前途认定了

　切莫回头！

一回头——

　灵魂里潜藏的怯弱，

　要你停留。

美文赏析 MeiwenShangxi

　　对于诗人来说，她肩负的责任之一，便是引导青年，使他们健康、合理地生活。身处社会大变动、大变革的时代，青年往往无所适从，经不起失败与挫折的打击。诗人敏锐地发现了这一点，于是她提醒青年："青年人！觉悟后的悲哀，只深深的将自己葬了。"挫折并不可怕，可怕的是找到自己遭受挫折的原因后，仍然陷溺在悲哀中无法自拔，这样只会浪费自己更多宝贵的青春时光。要清楚，我们"原也是微小的人类"。在世界面前，我们没有悲哀的资格，因为我们没有充裕的时间允许自己挥霍。既然如此，青年亦不能沉溺在无法实现的"愿望"中。追逐无望的希望，只能蹉跎了青年的岁月。而对于走在时代前列的先驱者，诗人也谆谆告诫道：不要自求自身的解放，"也应念着山下劳苦的众生！"要勇于坚持自己认定的方向、确定的理想，不要被路边的风景迷惑，更不要被内心的懦弱羁绊，要意志坚强地去奋斗、去攀登。

诗人通过小诗，阐发着对生活的感悟。然而，诗人也明白，诗的作用是有限的——诗"何曾安慰到雨声里痛苦的征人"？对于一些深刻的社会问题，诗能做的只是反映，却无力解决。

诗有它的局限性，虽然无法解决大众的一些基本问题，却是个人抒发情感的绝佳载体。在以上这二三十首小诗中，诗人或抒发自己一刹那间的情绪，如第一二九首小诗中对清晨鸟声、风吹叶儿之声的体味，第一四七首小诗中对编织诗情却被园丁打断的懊丧；或描摹自己眼中的诗情画意，如第一四一首小诗中对雨后荷塘静谧、安适的描绘，第一五三首小诗中对小牧童闲适自然的赞颂……

诗人拥有一颗善于发现美的心灵，虽然她对诗的局限性有着清醒的认识，但依然孜孜不倦地抒写，用诗来追求真、弘扬善、展示美。

● **写作借鉴**

拟人，是一种常用的修辞手法，它赋予事物人的行为与情感，从而使文章生动活泼，更富表现力与感染力。在第一五〇首小诗中，诗人便将河流、树影拟人化，以"指点着""细语着"生动地展现出河流、树影之间的互动，将诗意的画面轻松活泼地描绘出来，给人以童话般的感受。

● **延伸思考**

1. 第一三一首小诗，表达出了什么哲理，你自己有什么切身感受吗？
2. 通过第一四三首小诗，谈谈你对艺术与自然、真理关系的认识。

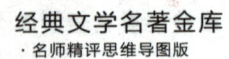

一五九

凭栏久

　凉风渐生

何处是天家?

　真要乘风归去!

看——

　清冷的月

　　已化作一片光云

轻轻地飞在海涛上。

一六〇

自然无声的

　看着劳苦的诗人微笑:

　"想着罢!

　写着罢!

无限的庄严,

　你可曾约略知道?"

诗人投笔了!

　微小的悲哀

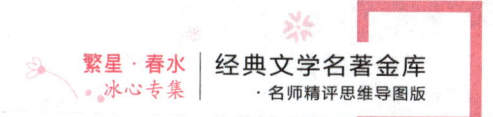

永久遗留在心坎里了!

一六一

隔窗举起杯儿来——

落花!

和你作别了!

原是清凉的水呵,

只当是甜香的酒罢。

一六二

崖壁阴阴处,

海波深深处,

垂着丝儿独钓。

鱼儿!

不来也好,

我已从蔚蓝的水中

钓着诗趣了。

一六三

暮色苍苍——

远村在前，

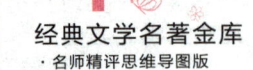

　　山门在后。

黄土的小道曲折着，

　　蹒跚的我无心的走着。

宇宙昏昏——

　　表现在前，

　　消灭在后。

生命的小道曲折着，

　　蹒跚的我不自主的走着。

一般的遥远的前途呵！

　　抬头见新月，

　　深深地起了

　　　不可言说的感触！

一六四

将离别——

　　舟影太分明。

　　四望江山青；

微微的云呵！

怎只压着黯黯的情绪,

　　不笼住如梦的歌声?

一六五

我的朋友

　　坐下莫徘徊,

照影到水中,

　　累它游鱼惊起。

一六六

遥指峰尖上,

　　孤松峙立,

　　怎得倚着树根看落日?

已近黄昏,

　　算着路途罢!

衣薄风寒,

　　不如休去。

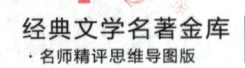

一六七

绿水边——

　　几双游鸭,

　　几个浣衣的女儿,

在诗人驴前

　　展开了一幅自然的图画。

一六八

朦胧的月下——

　　长廊静院里。

不是清磬破了岑寂,

　　便落花的声音,

　　　也听得见了。

一六九

未生的婴儿,

　　从生命的球外

　　攀着"生"的窗户看时,

已隐隐地望见了

　　对面"死"的洞穴。

一七〇

为着断送百万生灵

　不绝的炮声,

严静的夜里,

　凄然的将捉在手里的灯蛾

　放到窗外去了。

一七一

马蹄过处,

　蹴起如云的尘土;

据鞍顾盼,

　平野青青——

只留下无穷的怅惘罢了,

　英雄梦那许诗人做?

一七二

开函时——

　正席地坐在花下,

一阵凉风

　将看完的几张吹走了。

我只默默的望着,

　听它吹到墙隅,

慰悦的心情

　也和这纸儿一样的飞扬了!

一七三

明月下

　绿叶如云,

　白衣如雪——

怎样的感人呵!

　又况是别离之夜?

一七四

青年人,

　珍重的描写罢,

时间正翻着书页,

　请你着笔!

一七五

我怀疑的撒下种子去,

便闭了窗户默想着。

我又怀疑的开了窗，

岂止萌芽？

这青青之痕

还滋蔓到他人的园地里。

上帝呵！

感谢你"自然"的风雨！

一七六

战场上的小花呵！

赞美你最深的爱！

冒险的开在枪林弹雨中，

慰藉了新骨。

一七七

我的心忽然悲哀了！

昨夜梦见

独自穿着冰绡之衣，

从汹涌的波涛中

渡过黑海。

一七八

微阴的阶上，
　只坐着自己——
绿叶呵！
　玫瑰落尽，
诗人和你
　一同感出寂寥了。

一七九

明月！
　完成了你的凄清了！
银光的田野里，
　是谁隔着小溪
　吹起悠扬之笛？

一八〇

婴儿！
谁像他天真的颂赞？

当他呢喃的

　对着天末的晚霞，

无力的笔儿，

真当抛弃了。

一八一

襟上摘下花儿来，

　匆匆里

　就算是别离的赠品罢！

马已到门前了，

　要不是窗内听得她笑言，

　错过也

　又几时重见？

一八二

别了！

　春水，

感谢你一春潺潺的细流，

　带去我许多意绪。

向你挥手了，

缓缓地流到人间去罢。

我要坐在泉源边,

静听回响。

美文赏析 MeiwenShangxi

诗人的心是敏感的,因这敏感,一阵凉风便能引起诗人孤独的感喟——"凉风渐生",诗人当风而立,不禁想到人的归宿,心中顿生孤寂之感。

"孤独"是诗人在诗中反复表达的主题之一。山顶耸峙的"孤松",静夜中响起的"清磬"之音,梦中独自穿越黑海,"玫瑰落尽"后的绿叶,纵马狂奔后的怅惘,凄清月光中的"悠扬之笛"……这一切的意象与情绪都让诗人深深地感到人的孤独与无依。在诗人心中,生命便如同一条曲折的小路,而自己只能孤独地、踽踽地走在这条曲折的小路上。然而,诗人并不颓丧,在抬头见到的"新月"中,她又找到了新的慰藉与希望。这便是那一湾"春水",那"一春潺潺的细流"。诗人期盼它"流到人间",为独自坐在"泉源"边的自己带来热闹的"回响"。

诗人希望听到什么样的"回响"呢?对自然的赞颂,如第一六七首小诗中对溪边浣女、游鸭欢快图画的描述;对弱小者的赞颂,如第一七六首小诗中对战场上的小花深藏的"最深的爱"的歌颂;对童真的赞颂,如第一八〇首小诗中对婴儿的天真的倾慕……

自然,还有对母爱的赞颂。

《春水》继承了诗人在《繁星》中对母爱、自然、童真的赞颂,全书洋溢着爱的气息，展现了诗人"爱的哲学"。不仅如此，在《春水》中，诗人积极关注现实，记录、抒发了一代青年的苦闷与彷徨，用略显忧愁而温柔的笔触探索了生命的意义。

● **好词好句**

庄严　清凉　苍苍　踽踽　峙立　朦胧　岑寂　凄然　怅惘
墙隅　滋蔓　慰藉　汹涌　寂寥　呢喃　潺潺

● **延伸思考**

1. 第一六○首小诗中，诗人所说的"微小的悲哀"指的是什么？

2. 第一六三首小诗中，诗人表达了怎样的生命感悟，其中"不可言说的感触"指的是什么？

3. 第一七四首小诗中，诗人通过什么样的方式规劝青年人珍惜时间？

寄小读者

通 讯 二

小朋友们：

　　我极不愿在第二次的通讯里，便劈头告诉你们一件伤心的事情。然而这件事，从去年起，使我的灵魂受了隐痛，直到现在，不容我不在纯洁的小朋友面前忏悔。

　　去年的一个春夜——很清闲的一夜，已过了九点钟了，弟弟们都已去睡觉，只我的父亲和母亲对坐在圆桌旁边，看书，吃果点，谈话。我自己也拿着一本书，倚在椅背上站着看。那时一切都很和柔，很安静的。

　　一只小鼠，悄悄地从桌子底下出来，慢慢地吃着地上的饼屑。这鼠小得很，它无猜地，坦然地，一边吃着，一边抬头看看我——我惊慌地唤起来，母亲和父亲都向下注视了。四面眼光之中，它仍是怡然地不走，灯影下照见它很小很小，浅灰色的嫩毛，灵便的小身体，一双闪烁的明亮的小眼睛。

　　小朋友们，请容我忏悔！一刹那顷我神经错乱地俯将下去，拿着手里的书，轻轻地将它盖上。——上帝！它竟然不走。隔着书页，我觉得它柔软的小身体，无抵抗地蜷伏在地上。

　　这完全出于我意料之外了！我按着它的手，方在微颤——母亲已连忙说："何苦来！这么驯良有趣的一个小活物……"话犹未了，小狗虎儿从帘外跳将进来，父亲也连忙说："快放手，虎儿要得着它了！"我又神经错乱地拿起书来，可恨呵！它仍是怡然地不动。——一声喜悦的微吼，虎儿已扑着它，不容我唤住，已衔着它从帘隙里又钻了出去。出到门外，只听得它在虎儿口里微弱凄苦地啾啾地叫了几声，此后便没有了声息。——前后不到一分钟，这温柔的小活物，使我心上飕地着了一箭！

我从惊惶中长吁了一口气。母亲慢慢也放下手里的书，抬头看着我说："我看它实在小得很，无机得很。否则一定跑了。初次出来觅食，不见回来，它母亲在窝里，不定怎样的想望呢。"

小朋友，我堕落了，我实在堕落了！我若是和你们一般年纪的时候，听得这话，一定要慢慢地挪过去，突然地扑在母亲怀中痛哭。然而我那时……小朋友们恕我！我只装作不介意地笑了一笑。

安息的时候到了，我回到卧室里去。勉强的笑，增加了我的罪孽，我徘徊了半天，心里不知怎样才好——我没有换衣服，只倚在床沿，伏在枕上，在这种状态之下，静默了有十五分钟——我至终流下泪来。

至今已是一年多了，有时读书至夜深，再看见有鼠子出来，我总觉得忧愧，几乎要避开。我总想是那只小鼠的母亲，含着伤心之泪，夜夜出来找它，要带它回去。

不但这个，看见虎儿时想起，夜坐时也想起，这印象在我心中时时作痛。有一次禁受不住，便对一个成人的朋友，说了出来；我拼着受她一场责备，好减除我些痛苦。不想她却失笑着说："你真是越来越孩子气了，针尖大的事，也值得说说！"她漠然的笑容，竟将我以下的话，拦了回去。从那时起，我灰心绝望，我没有向第二个成人，再提起这针尖大的事！

我小时曾为一头折足的蟋蟀流泪,为一只受伤的黄雀呜咽;我小时明白一切生命,在造物者眼中是一般大小的;我小时未曾做过不仁爱的事情,但如今堕落了……

今天都在你们面前陈诉承认了,严正的小朋友,请你们裁判罢!

冰　心

一九二三年七月二十八日,北京

美文赏析 MeiwenShangxi

一九二三年初,冰心远赴美国求学。动身之前,她看到《晨报副刊》开辟了"儿童世界"一栏,便决定以通讯的形式和小朋友分享自己赴美求学的见闻与生活。

在这篇通讯中,作者记述了一件需要向纯洁的小朋友忏悔的事:由于"我"无意中的过失,导致一只初次外出觅食的小鼠命丧在"虎儿"口中,可"我"当时"只装作不介意的笑了一笑"。"我"对弱小生命的漠视,让"我"觉得自己"堕落"了,失去了小时候的纯洁,远离了童真。"我"内心承受着痛苦的折磨,无处排遣,只得坦陈在"严正的"小朋友面前,希望小朋友做出公正的裁决,因为和"我"一样的成年人同样失去了纯洁、童真,对生命不再怜惜,"我"明白自己无法再相信他们,亦不可能从他们那里得到慰藉。

作者发自肺腑的忏悔,感人至深,透露着珍视生命、保护弱小的爱的呼唤。而她之所以将自己深以为憾的事摆在小朋友面前,不仅是因为小朋友有着纯洁的心灵,可以给予自己同情与安慰,还因为自己希望通过披露这件事,对小朋友产生潜移默化的影响,能够在他们纯洁的心灵中播下爱的种子。

● **写作借鉴**

在文学创作中,细节是刻画人物形象,描述事件、环境时的细小情节。不要小看了这细小的情节,它对于深化人物形象,丰富事件、环境可有着极为重要的作用。在这篇通讯中,作者运用"嫩毛""小身体""小眼睛""柔软""蜷伏"等词语对小鼠的情态进行细节刻画,从而突显出小鼠"小得很""无机得很"的形象,为"我"因无视这个脆弱的小生命而深深地忏悔做了铺垫。

● **延伸思考**

想一想,作者为什么要请小朋友裁判自己无意中害死小鼠的过失。

通 讯 五

小朋友:

早晨五时起来,趁着人静,我清明在躬之时,来写几个字。

这次过蚌埠,有母女二人上车,茶房直引她们到我屋里来。她们带着好几个提篮,内中一个满圈着小鸡,那时车中热极,小鸡都纷纷地伸出头来喘气,那个女儿不住地又将它们按下去。她手脚匆忙,好似弹琴一般。那女儿二十上下年纪,穿着一套麻纱的衣服,一脸的麻子,又满扑着粉,头上手上戴满了簪子,耳珥,戒指,镯子之类,说话时善能作态。我那时也不知是因为天热,心中烦躁,还是什么别的缘故,只觉得那女孩儿太不可爱。我没有同她招呼,只望着窗外,一回头正见她们谈着话,那女孩儿不住撒娇撒痴地要汤要水;她母亲穿一套青色香云纱的

衣服，五十岁上下，面目蔼然，和她谈话的态度，又似爱怜，又似斥责。我旁观忽然心里难过，趁有她们在屋，便走了出去——小朋友！我想起我的母亲，不觉凭在甬道的窗边，临风偷洒了几点酸泪。

请容我倾吐，我信世界上只有你们不笑话我！我自从去年得有远行的消息以后，我背着母亲，天天数着日子。日子一天一天地过了，我也渐渐地瘦了。大人们常常安慰我说："不要紧的，这是好事！"我何尝不知道是好事？叫我说起来，恐怕比他们说的还动听。然而我终竟是个弱者，弱者中最弱的一个。我时常暗恨我自己！临行之前，到姨母家里去，姨母一面张罗我就坐吃茶，一面笑问："你走了，舍得母亲么？"我也从容地笑说："那没有什么，日子又短，那边还有人照应。"——等到姨母出去，小表妹忽然走到我面前，两手按在我的膝上，仰着脸说："姊姊，是么？你真舍得母亲么？"我那时忽然禁制不住，看着她那智慧诚挚的脸，眼泪直奔涌了出来。我好似要堕下深崖，求她牵援一般，我坚握着她的小手，低声说："不瞒你说，妹妹，我舍不得母亲，舍不得一切亲爱的人！"

小朋友！大人们真是可钦羡的，他们的眼泪是轻易不落下来的，他们又勇敢，又大方。在我极难过的时候，我的父亲母亲，还能从容不动地劝我。虽不知背地里如何，那时总算体恤，坚忍，我感激至于无地！

我虽是弱者，我还有我自己的傲岸，我还不肯在不相干的大人前，披露我的弱点。行前和一切师长朋友的谈话，总是喜笑着说的。我不愿以我的至情，来受他们的讥笑。然而我却愿以此在上帝和小朋友面前乞得几点神圣的同情的眼泪！

窗外是斜风细雨，写到这时，我已经把持不住。同情的小朋友，再谈罢！

冰　心

一九二三年八月十二日，上海

美文赏析 MeiwenShangxi

作者对母亲有着深深的眷恋，因此当她独自一人在旅途中看到一位和蔼可亲的母亲时，便忍不住想起了自己的母亲。在这篇通讯中，作者毫无保留地向小朋友倾吐了自己的心声，既有对自己在亲人面前"软弱"的痛恨，又有对自己在"不相干的大人"面前不甘示弱的骄傲，而这一切都源于作者对母亲和亲人的爱。因为爱，所以作者在亲人面前变得"软弱"，纵然心有怨气也不忍拂逆亲人们的好意；因为爱，所以作者在"不相干的大人"面前毫不示弱，不忍自己对亲人纯洁的爱被人讥笑；因为爱，所以作者忍受着孤独寂寞的侵袭，踽踽踏上赴美留学之路……

● **好词好句**

蔼然　倾吐　钦羡　傲岸　斜风细雨　把持不住

● **延伸思考**

作者为什么认为大人们不轻易掉眼泪是值得钦羡的？

通 讯 七

亲爱的小朋友：

八月十七的下午，杰克逊号邮船无数的窗眼里，飞出五色飘扬的纸带，远远地抛到岸上，任凭送别的人牵住的时候，我的心是如何的飞扬而凄恻！

痴绝的无数的送别者，在最远的江岸，仅仅牵着这终于断绝的纸条儿，放这庞然大物，载着最重的离愁，飘然西去！

船上生活，是如何的清新而活泼。除了三餐外，只是随意游戏散步。海上的头三日，我竟完全回到小孩子的境地中去了，套圈子，抛沙袋，乐此不疲，过后又绝然不玩了。后来自己回想很奇怪，无他，海唤起了我童年的回忆，海波声中，童心和游伴都跳跃到我脑中来。我十分地恨这次舟中没有几个小孩子，使我童心来复的三天中，有无猜畅好的游戏！

我自少住在海滨，却没有看见过海平如镜。这次出了吴淞口，一天的航程，一望无际尽是粼粼的微波。凉风习习，舟如在冰上行。到过了高丽界，海水竟似湖光。蓝极绿极，凝成一片。斜阳的金光，长蛇般自天边直接到栏旁人立处。上自穹苍，下至船前的水，自浅红至于深翠，幻成几十色，一层层，一片片地漾开了来。……小朋友，恨我不能画，文字竟是世界上最无用的东西，写不出这空灵的妙景！

八月十八夜，正是双星渡河之夕。晚餐后独倚栏旁，凉风吹衣。银河一片星光，照到深黑的海上。远远听得楼栏下人声笑语，忽然感到家乡渐远。繁星闪烁着，海波吟啸着，凝立悄然，只有惆怅。

十九日黄昏，已近神户，两岸青山，不时的有渔舟往来。日本的小山多半是圆扁的，大家说笑，便道是"馒头山"。这馒头山沿途点缀，直到夜里，远望灯光灿然，已抵神户。船徐徐停住，便有许多人上岸去。我因太晚，只自己又到最高层上，初次看见这般璀璨的世界，天上微月的光，和星光，岸上的灯光，无声相映。不时的还有一串光明从山上横飞过，想是火车周行。……舟中寂然，今夜没有海潮音，静极心绪忽起："倘若此时母亲也在这里……"我极清晰地忆起北京来，小朋友，恕我，不能往下再写了。

冰　心
一九二三年八月二十日，神户

　　朝阳下转过一碧无际的草坡，穿过深林，已觉得湖上风来，湖波不是昨夜欲睡如醉的样子了。——悄然地坐在湖岸上，伸开纸，拿起笔，抬起头来，四围红叶中，四面水声里，我要开始写信给我久违的小朋友。小朋友猜我的心情是怎样的呢？

　　水面闪烁着点点的银光，对岸意大利花园里亭亭层列的松树，都证明我已在万里外。小朋友，到此已逾一月了，便是在日本也未曾寄过一字，说是对不起呢，我又不愿！

　　我平时写作，喜在人静的时候。船上却处处是公共的地方，舱面栏边，人人可以来到。海景极好，心胸却难得清平。我只能在晨间绝早，船面无人时，随意写几个字，堆积至今，总不能整理，也不愿草草整理，便迟延到了今日。我是尊重小朋友的，想小朋友也能尊重原谅我！

　　许多话不知从哪里说起，而一声声打击湖岸的微波，一层层地没上杂立的潮石，直到我蔽膝的毡边来，似乎要求我将她介绍给我的小朋友。小朋友，我真不知如何地形容介绍她！她现在横在我的眼前。湖上

的月明和落日，湖上的浓阴和微雨，我都见过了，真是仪态万千。小朋友，我的亲爱的人都不在这里，便只有她——海的女儿，能慰安我了。Lake Waban，谐音会意，我便唤她做"慰冰"。每日黄昏的游泛，舟轻如羽，水柔如不胜桨。岸上四围的树叶，绿的，红的，黄的，白的，一丛一丛地倒影到水中来，覆盖了半湖秋水。夕阳下极其艳冶，极其柔媚。将落的金光，到了树梢，散在湖面。我在湖上光雾中，低低地嘱咐他，带我的爱和慰安，一同和他到远东去。

小朋友！海上半月，湖上也过半月了，若问我爱哪一个更甚，这却难说。——海好像我的母亲，湖是我的朋友。我和海亲近在童年，和湖亲近是现在。海是深阔无际，不着一字，她的爱是神秘而伟大的，我对她的爱是归心低首的。湖是红叶绿枝，有许多衬托，她的爱是温和妩媚的，我对她的爱是清淡相照的。这也许太抽象，然而我没有别的话来形容了！

小朋友，两月之别，你们自己写了多少，母亲怀中的乐趣，可以说来让我听听么？——这便算是沿途书信的小序，此后仍将那写好的信，按序寄上，日月和地方，都因其旧，"弱游"的我，如何自太平洋东岸的上海绕到大西洋东岸的波士顿来，这些信中说得很清楚，请在那里看罢！

不知这几百个字，何时方达到你们那里，世界真是太大了！

冰　心

一九二三年十月十四日，慰冰湖畔，威尔斯利

美文赏析 MeiwenShangxi

这篇通讯由两封信组成，一封写自日本神户，一封写自意大利威尔斯利。在第一封信中，作者描述了前往神户途中所见的大海、银河

与"馒头山"的美丽风光；在第二封信中，作者描述了"慰冰"湖畔的柔媚风景。异国美丽的自然景象令作者陶醉、兴奋，然而隐藏其后的却是"最重的离愁"和对母亲深深的思念。在作者眼中，任何美丽的景色都比不过依偎在母亲身旁，享受在母亲怀中的乐趣。母爱，永远是作者眼中最美的风景。

● **好词好句**

凄恻　庞然大物　凉风习习　吟啸　惆怅　点缀　仪态万千

● **延伸思考**

作者说自己对海的爱与对湖的爱是不同的，造成不同的原因是什么呢？

通　讯　十　二

小朋友：

满廊的雪光，开读了母亲的来信，依然不能忍地流下几滴泪。——四围山上的层层的松枝，载着白绒般的很厚的雪，沉沉下垂。不时地掉下一两片手掌大的雪块，无声地堆在雪地上。小松呵！你受造物的滋润是过重了！我这过分地被爱的心，又将何处去交卸！

小朋友，可怪我告诉过你们许多事，竟不曾将我的母亲介绍给你。——她是这么一个母亲：她的话句句使做儿女的人动心，她的字，一点一划都使做儿女的人下泪！

我每次得她的信，都不曾预想到有什么感触的，而往往读到中间，至少有一两句使我心酸泪落。这样深浓，这般诚挚，开天辟地的爱情呵！愿普天下一切有知，都来颂赞！

以下节录母亲信内的话，小朋友，试当她是你自己的母亲，你和她相离万里，你读的时候，你心中觉得怎样？

我读你《寄母亲》的一首诗，我忍不住下泪，此后你多来信，我就安慰多了！

十月十八日

我心灵是和你相连的。不论在做什么事情，心中总是想起你来……

十月二十七日

我们是相依为命的。不论你在什么地方，做什么事情，你母亲的心魂，总绕在你的身旁，保护你抚抱你，使你安安稳稳一天一天地过去。

十一月九日

我每遇晚饭的时候，一出去看见你屋中电灯未熄，就仿佛你在屋里，未来吃饭似的，就想叫你，猛忆你不在家，我就很难过！

十一月二十二日

你的来信和相片，我差不多一天看了好几次，读了好几回。到夜中睡觉的时候，自然是梦魂飞越在你的身旁，你想做母亲的人，哪个不思念她的孩子？……

十一月二十六日

经过了几次的酸楚我忽发悲愿，愿世界上自始至终就没有我，永减母亲的思念。一转念纵使没有我，她还可有别的女孩子做她的女儿，她仍是一般的牵挂，不如世界上自始至终就没有母亲。——然而世界上古往今来百千万亿的母亲，又当如何？且我的母亲已经彻底的告诉我：

"做母亲的人，哪个不思念她的孩子！"

为此我透彻地觉悟，我死心塌地地肯定了我们居住的世界是极乐的。"母亲的爱"打千百转身，在世上幻出人和人，人和万物种种一切的互助和同情。这如火如荼的爱力，使这疲缓的人世，一步一步地移向光明！感谢上帝！经过了别离，我反复思寻印证，心潮几番动荡起落，自我和我的母亲，她的母亲，以及他的母亲接触之间，我深深地证实了我年来的信仰，绝不是无意识的！

真的，小朋友！别离之前，我不曾懂得母亲的爱动人至此，使人一心一念，神魂奔赴……我不须多说，小朋友知道得比我更彻底。我只愿这一心一念，永住永存，尽我在世的光阴，来讴歌颂扬这神圣无边的爱！圣保罗在他的书信里说过一句石破天惊的话，是："我为这福音的奥秘，做了带锁链的使者。"一个使者，却是带着奥妙的爱的锁链的！小朋友，请你们监察我，催我自强不息地来奔赴这理想的最高的人格！

这封信不是专为介绍我母亲的自身，我要提醒的是"母亲"这两个字。谁无父母，谁非人子？母亲的爱，都是一般；而你们天真中的经验，却千百倍地清晰浓挚于我！母亲的爱，竟不能使我在人前有丝毫的得意和骄傲，因为普天下没有一个没有母亲的孩子。小朋友，谁道上天生人有厚薄？无贫富，无贵贱，造物者都预备一个母亲来爱他。又试问鸿濛初辟时，又哪里有贫富贵贱，这些人造的制度阶级？遂令当时人类在母亲的爱光之下，个个自由，个个平等！

你们有这个经验么？我往往有爱世上其他物事胜过母亲的时候。为着兄弟朋友，为着花鸟虫鱼，甚至于为着一本书、一件衣服，和母亲违拗争执。当时只弄娇痴，就是母亲，也未曾介意。如今病榻上寸寸回想，使我有无限的惊悔。小朋友！为着我，你们自此留心，只有母亲是

真爱你的。她的劝诫，句句有天大的理由。花鸟虫鱼的爱是暂时的，母亲的爱是永远的！时至今日，我偶然觉悟到，因着母亲，使我承认了世间一切其他的爱，又冷淡了世间一切其他的爱。

青山雪霁，意态十分清冷。廊上无人，只不时地从楼下飞到一两声笑语，真是幽静极了。造物者的意旨，何等的深沉呵！把我从岁暮的尘嚣之中，提将出来，叫我在深山万静之中，来辗转思索。

说到我的病，本不是什么大症候，也就无所谓痊愈，现在只要慢慢地休息着。只是逃了几个月的学，其中也有幸有不幸。

这是一九二三年的末一日，小朋友，我祝你们的进步。

冰　心

一九二三年十二月三十一日，青山沙穰

美文赏析

这是一篇介绍"母亲"的通讯。在文中，既有作者对自己母亲深沉爱意的展示，又有对"母亲"两字的"辗转思索"。对作者来说，母爱是伟大的，它使"我死心塌地的肯定了我们居住的世界是极乐的"，使"我"愿意一心一意地歌颂这"神圣无边的爱"。作者将自己对"母亲"的感悟拿来与小朋友分享，并提醒小朋友不要违拗母亲的话，因为只有母亲才是真正爱我们的。对作者来说，"母爱"如同滋润心田的一汪清水，而她希望这汪清水可以流入每一个人的心中。

● 写作借鉴

在这篇通讯中，作者通过直接引用母亲书信的方式展示了母亲对自己的牵挂与爱恋。这种展现人物内心的方式，使读者可以通过第一手资料与人物进行交流，从而直观地感受人物的内心世界，给人以真实的感触。

● **延伸思考**

作者说："……因着母亲，使我承认了世间一切其他的爱，又冷淡了世间一切其他的爱。"你对这句话是如何理解的？

通 讯 二 十 三

冰季小弟：

这是清晨绝早的时候，朝日未出，朝露犹零，早餐后便又须离此而去。我以黯然的眼光望着白岭，却又不能不偷这匆匆言别的一早晨，写几个字给你。

只因昨夜在迢迢银河之侧，看见了织女星，猛忆起今天是故国的七月七，无数最甜柔的故事，最凄然轻婉的诗歌，以及应景的赏心乐事，都随此佳节而生。我远客他乡，把这些都睽违了，……这且不必管他！

我所要写的，是我们大家太缺少娱乐了。无精打采的娱乐，绝不能使人生润泽，事业进步。娱乐至少与工作有同等的价值，或者说娱乐是工作之一部分！

娱乐不是"消遣"。"消遣"两字的背后，隐隐地站着"无聊"。百无聊赖的时候，才有消遣；佗傺疾病的时候，才有消遣！对于国事，对于人生，灰心丧志的时候，才有消遣！试看如今一般人所谓的娱乐，是如何地昏乱，如何地无精打采？我决不以这等的娱乐为娱乐！真正的

娱乐是应着真正的工作的要求而发生的，换言之，打起精神做真正的工作的人，才热烈地想望，或预备真正的娱乐！

当然的，中国人要有中国人的娱乐，我们有四千多年的故事，传说和历史。我们娱乐的时地和依据，至少比人家多出一倍。从新年说起罢，新年之后，有元宵。这千千万万的繁灯，作树下廊前的点缀，何等灿烂？舞龙灯更是小孩子最热狂、最活泼的游戏。三月三日是古人修禊节，也便是我们绝好的野餐时期。流觞曲水，不但仿古人余韵，而且有趣。清明扫墓，虽不焚化纸钱，也可训练小孩子一种恭肃静默的对先人的敬礼；假如清明植树能名实相符，每人每年在祖墓旁边，种一棵小树，不到十年，我们中国也到处有了葱蔚的山林。五月五是特别为小孩子的节期，花花绿绿的香囊，五色丝，大家打扮小孩子。一年中只是这几天，觉得街头巷尾的小孩子，加倍喜欢！这天又是龙舟节，出去泛舟，或是两个学校间的竞渡，也是极好的日子。七月七，是女儿节，只这名字已有无限的温柔！凉夜风静，秋星灿然。庭中陈设着小几瓜果，遍延女伴，轻悄谈笑，仰看双星缓缓渡桥。小孩子满握着煮熟的蚕豆，大家互赠，小手相握，谓之"结缘"。这两字又何其美妙？我每以为"缘"之意想，十分精微，"缘"之一字，十分难译。有天意，有人情，有死生流转，有地久天长。苏子瞻赠他的弟弟子由诗，有"与君世世为兄弟，更结来生未了因。"小弟弟，我今天以这两语从万里外遥赠你了！

八月十五中秋节，满月的银光之下，说着蟾蜍玉兔的故事，何其清切？九月九重阳节，古人登高的日子，我们正好有远足旅行，游览名胜。国庆日不必说，尤须庆祝一下子，只因我觉得除却政治机关及商店悬旗外，家庭中纪念这节期的，似乎没有！

往下不再细说了。翻开古书看一看，如《帝京景物志》之类，还可找出许多有意思可纪念的娱乐的日子来。我觉得中国的节期，都比人家的清雅，每一节期都附以温柔，高洁的故事，惊才绝艳的诗歌，甚至于集会时的食品用器，如五月五的龙舟，粽子，七月七的蚕豆，八月十五的月饼，以及各节期的说不尽的等等一切……我们是一点不必创造。招集小孩子，故事现成，食品现成，玩具现成，要编制歌曲，供小孩的戏唱，也有数不尽的古诗，古文，古词为蓝本。古人供给我们这许多美好的材料，叫我们有最高尚的娱乐，如我们仍不知领略享受，真是太对不起了！

破除迷信，是件极好的事。最可惜的是迷信破除了以后，这些美好的节期，也随着被大家冷淡了下去。我当然不是提倡迷信，偶像崇拜和小孩子扮演神仙故事，截然是两件事！

不能多写了。朝日已出，厨娘已忙着预备早餐。在今晚日落之前，我便可在一个小海岛之上，你可猜想我是如何的喜欢！我看《诗经》，最爱的是："蒹葭苍苍，白露为霜，所谓伊人，在水一方……溯回从之，宛在水中央。"我最喜在"水中央"三字，觉得有说不出的飘荡与萦回！——自我开始旅行，除了日记及纸笔之外，半本书也没有带，引用各诗，也许错误，请你找找看。

预算在海上住到月圆时节。"海上生明月"的光景，我已预备下全副心情，供他动荡，那时如写得出，再写些信寄你。

你的姊姊
一九二四年八月七日，白岭

美文赏析 MeiwenShangxi

什么是"娱乐",它是"消遣"吗?在这篇通讯中,作者给我们做出了解答。她认为"消遣"是消极的,是人们百无聊赖、疗疾病、灰心丧志时的举动,绝不是真正的"娱乐"。"真正的娱乐是应着真正的工作的要求而发生的",决不跟如今人们那"昏乱的""无精打采的"娱乐一样。真正的娱乐是积极的,能够激发人们的精神,和工作具有同等的价值。那么如何获得真正的娱乐呢?作者向我们指出,要回到中华传统文化之中寻找。五千多年的中华文明为我们提供了丰富的娱乐内容,如元宵节看花灯、舞龙灯,三月三去野餐,清明扫墓与植树,五月五戴香囊、泛龙舟……传统节日中的娱乐内容丰富多彩,以至作者惊叹道:"古人供给我们这许多美好的材料,叫我们有最高尚的娱乐,如我们仍不知领略享受,真是太对不起了!"在这里,作者为小朋友指出了正确的娱乐方式,树立了正确的娱乐观,她对小朋友拳拳的关爱之心,令人感动。

● **好词好句**

黯然 迢迢 睽违 无精打采 润泽 百无聊赖 惊才绝艳

● **延伸思考**

为什么作者说"偶像崇拜和小孩子扮演神仙故事,截然的是两件事"?

再寄小读者

通 讯 四

亲爱的小朋友：

自从三月二十一日离开祖国，时间不过十多天，在我仿佛已经过了多少年月！一来是这十多天之中，我们已经飞跃过好几个亚洲和欧洲的国家；二来是祖国的进步，一日千里。这十多天之中，不知又发现了多少新的资源，增多了多少个发明创造！这一切，都使国外的"游子"，不论何时想起，都有无限的兴奋！

欧洲本是我旧游之地，没有什么特别新鲜的感觉，现在只挑出途中最突出的奇丽的景物，来对小朋友们说一说。

首先是三月二十四日黄昏，从瑞士坐火车到意大利的一段，一路沿着阿尔卑斯山脚蜿蜒行来，山高接天，白雪皑皑，山顶上悬着一钩淡黄色的新月。火车飞速前进，窗外转过的一座雪山接着一座雪山，如同一架长长的大理石的屏风，横列在我们的眼前！天色渐渐地暗了下来，高高的雪山上，零乱地出现了星星点点的橘红色的灯光；一片清凉之中，给人以无限的温暖的感觉。

二十五日一觉醒来，我们已深入意大利的国境了。

意大利是南欧一个富有文化而又美丽的国家，它的地形，像一只伸

入地中海的靴子，三面临海，气候温和。在瑞士山中还是雪深数寸的时候，这里的田野上已是桃李花开了！我们先到达意大利的京城——罗马。这是一座建在七座小山上的古城，街道高低起伏，到处可以看见古罗马的遗迹，颓垣断柱，杂立于现代建筑之间。街道上转弯抹角，到处还可以看见淙淙的喷泉，泉座上都有神、人、鱼、兽的雕像，在片片光影之中，栩栩如生。

二十六日晨我们到了意大利西海岸的那坡里城，这也是一座很美丽的海边城市。但是我要为小朋友描述的，却是离那坡里四十里远的旁贝，那是将近两千年前，被火山喷发的熔岩和热尘所掩埋的古城。在一八六〇年以后，才被发掘出来的。

背山临海的旁贝城，在纪元前六世纪——我们春秋战国的时候——就已经建立起来了。到了纪元前八十年——我们的汉代——这里成为罗马贵族豪门的别墅区，人口多至两万五千人。纪元后七九年的八月，城后的维苏威火山，忽然爆发了！漫天的灼热的灰尘，和喷涌的沸腾的熔岩，在两三日之中，将这座豪华的市镇，深深地封闭了。大多数居民幸得突围而出，而老、弱、囚犯，葬身于热尘火海之中的，至少还有两千人左右。

我们在废墟上巡礼：这里的房舍，绝大部分都没有屋顶了，只有根根的断柱和扇扇的颓垣，矗立于阳光之下！石块铺成的道路，还有很深的车辙的痕迹。这市上有广场，有神庙，有大厅，有法院，有城堡……街道两旁还有酒店和浴堂。酒店里遗留着一排一排的陶制的酒缸；浴堂里有大理石砌成的冷热浴池，化妆室，按摩床，墙上还有石雕和壁画。屋宇尤其讲究：院里有喷泉，有雕像，层层的居室里，都有红黄黑三色画成的壁画，鲜艳夺目！后花园也很宽大，点缀的石像也很多，想当年花木葱茏的时节，景物一定很美。最使我感到惊奇的，就是这些房屋里，已经有铅制的水管和水龙头。导游的人告诉我，旁边的水道，是直通罗马的。

这里的博物院里，还看到发掘出来的，很精致的金银陶瓷和玻璃制成的日用器皿，以及金珠首饰。此外还有人兽的残骸，形状扭曲，可以想见临死前的挣扎和痛苦。

小朋友，上面的几段，是陆续写成的，中间已经过意大利南部和西西里岛的几个城市。沿途的海景，是描写不完的；而最难描述的，还是意大利人民对于中国的热爱和向往！我们到处受到最使人感动的欢迎，尤其是在中小城市，工农群众的款待，最为真挚而热烈！一束一束地递到我们手里的鲜花，如玫瑰，石竹，郁金香……替他们说出了许多话语。在群众的集会上，向我们献花的，都是最可爱的意大利小朋友。从他们嘴里叫出的"友谊"和"和平"，那清脆的声音，几乎是神圣的，使我们不自主地涌上了感动的眼泪！

我们在昨天又渡海回到意大利本土，沿着地图上的靴尖、靴跟，直上到东海岸的巴利城。今夜又要回到罗马去了。趁着一天的访问日程还没有开始，面对着窗外晨光熹微的大海，和轻盈飞掠的海鸥，给小朋友们写完这一封信。我知道小朋友们是会关心我的旅程，而且是急待我的消息的，但是也请你们体谅到我们旅行的匆忙！外面有人在敲门，这信必须结束了，我的心永远和你们在一起，深深地祝福你们！

你的朋友　冰　心
一九五八年四月四日，意大利，巴利城

美文赏析

《再寄小读者》是冰心作为中国人民的使者，在出国访问或归来的途中所写的通讯。在这篇通讯中，作者采撷途中"最突出的奇丽的景物"，向我们娓娓道来。阿尔卑斯山顶的皑皑白雪映着橘红色灯光，让人在清冷中感到温暖；罗马这座现代而又散发着浓郁古典气息的城市，静静地躺在七座小山上讲述着意大利的文化与美丽；旁贝（庞贝）古城则用自己的废墟诉说着昔日的繁荣景象，告诫着人们要对自然敬畏；"意大利人民对于中国的热爱和向往"则成为作者笔下最难描绘的"奇丽的风景"，他们的热情使作者一行人"不自主地涌上了感动的眼泪"。整篇通讯，洋溢着作者对美丽风光的赞美和对祖国日益强大的自豪，而这汇集起来便成为作者心中"爱"的体现。

● 好词好句

蜿蜒　白雪皑皑　高低起伏　栩栩如生　发掘　葱茏

● 延伸思考

为什么作者说最难描绘的是"意大利人民对于中国的热爱和向往"？

通 讯 五

亲爱的小朋友：

在上一封信中，我曾提到了西西里岛的访问。这个岛我从前没有到过，因此我对它的印象也最深。这个被称为意大利靴尖上的足球的西西里，面积有两万五千平方公里，居民在五百万以上。在这里的一段旅程，我们和海结了不解之缘！我们住的旅馆，都是面临大海的，我们和意大利朋友聚餐的饭店，也都挑选海边名胜之地；枕上听得见鸥鸣和潮响，用饭的时候，仿佛也在唉咽着蔚蓝的水光。一路乘车，更是沿着迂回的海岸，一眼望去，不是无际的平沙，就是嶙峋的礁石，上面还有耸立的碉堡，而眼前一片无边的海水，更永远是反映着空阔的天光，变幻无极，仪态万千，海水是很蓝的；在晴朗的天空之下，更是像古诗上所说的："水如碧玉山如黛"，光艳得不可描画！那颜色是一层一层的，远处是深蓝，稍近是碧绿，遇有溪河入海处，这一层水色又是微黄的。唐诗有："一道残阳铺水中，半江瑟瑟半江红。"这两句写得极好，因为它不但写出斜阳，连江上微风，也在"瑟瑟"两字中，表现出来了！

车窗的另一面，不是长着碧绿庄稼的整齐田地，便是长着上千盈百的杏树、桃树、橘柑树、橄榄树的山坡上的果园。陌上花开，风景如画。在这片丰饶美丽的土地上的居民，是使人艳羡的！

但是，昨天早晨，我在翻阅罗马"中东和东方学院"送给我们的一本意大利摄影画册，读到上面的序言，里面有：西西里岛，四面被地中海所围抱，也被希腊人、腓尼斯人、撒拉逊人聚居过，被德国人、法国人、西班牙人占领过……西西里岛上，曾是罗马帝国的军队骨干的农民，失去了他们的自由，在重利盘剥之下，他们失了土地，又被招募成为一支无地产的农奴队伍。地主住在城市里，只在夏天，才到他的田庄上来避暑，朝代更迭，土地易主，而直到今天，在意大利土地上辛苦劳动的，都不是土地的主人！这是多么悲惨的境遇！这个意大利靴尖上的足球，在外来的统治者脚上，踢来踢去，虽然在文化艺术上遗留了些精美的宫殿和教堂的建筑，里面都有最精致的宝石嵌镶的图案，和颜色鲜艳、神态如生

的壁画，而当地的农民生活，却永远停留在半封建半开化的状态之中。"四海无闲田，农夫犹饿死"的惨状，在这里是还存在的！

在罗马的一个晚餐会上，意大利最著名的诗人卡罗·勒维坐在我的旁边。他滔滔不断地告诉我，在意大利南部，尤其是西西里一带，农民过着受压迫被剥削的生活。意大利北部的工业，是比较发达的，而南部的资源，却从未被开发过，于是南部饥饿失业的队伍，就成群地被招送到北方去作工，痛苦流离，成了他们千百年来的命运！

当诗人说这些话的时候，神情是激动的，眼光是悲愤的，使我的回忆中的西西里的水光山色，蒙上了一层阴沉的暗影！我又回忆到在岛上的一个小市镇——巴格里亚——的农民欢迎会上，另一位诗人卜提达，向我们致了最热烈的欢迎词。卜提达是巴格里亚市穷苦人民的儿子，他用西西里方言写诗，强烈地揭露了当地人民的黑暗生活。他送给我一本他的诗集：《面包就是面包》的法文译本，上面有卡罗·勒维写的序，说卜提达以钢铁般的坚强洪壮的声音，叫出了岛上人民的不幸。可惜我不懂得法文，只好等将来请人读给我听了。

广大的人民是广阔的天空，人民的诗人就该像天空下透明的大海，它永远忠实地反映出天空的明暗阴晴，呼叫出人民的苦乐和希望。这样，他的诗里才有颜色，才有感情。勒维和卜提达都是大海般的诗人，我们应该向他们学习。

今天是复活节，一早醒起，就听到从四面传来的悠扬而嘹亮的钟声。罗马城里，大大小小有五百多座教堂；登高望时，金色，绿色，灰色的圆顶，在丛树中层层隐现。这几天来，罗马街上，尤其是商店的橱窗里，洋溢着节日的气氛，金彩辉煌的巧克力做成的大鸡蛋，到处都是。今天上午出去走了一走，因为明天要到佛劳伦斯去，先给你们发出这封信，罗马的古迹，等以后再谈吧！

今夜罗马大雷雨，电光闪闪，雷声大得像巨炮一般。现在祖国已是早晨，小朋友正走在上学的路上，向你们珍重地说声早安吧！

你的朋友　冰　心

一九五八年四月六日，意大利，罗马

美文赏析 MeiwenShangxi

西西里岛是美丽的，它的"水光山色"令人心旷神怡，艳美不已。然而，在这美丽的外表下，隐藏着的却是屈辱的历史与黑暗的现实。作者在这篇通讯中，以满含同情与愤懑的笔触记述了西西里岛人民的苦难史，控诉了剥削阶级对农民的压迫，并勉励自己要像勒维和卜提达那样，通过自己的诗作，反映人民的疾苦。整篇通讯情感浓郁、跌宕，既有陶醉于美丽风光的愉悦，又有了解西西里岛历史后的愤怒与同情。这些情感交汇起来，将作者的"爱"曲折有致地展现了出来，令人感动。

● 好词好句

不解之缘　迂回　嶙峋　艳美　悠扬　嘹亮

那颜色是一层一层的，远处是深蓝，稍近是碧绿，遇有溪河入海处，这一层水色又是微黄的。

● 延伸思考

通过这篇通讯，谈一谈你对西西里岛的整体印象。

通 讯 六

亲爱的小朋友：

四月十二日，我们在微雨中到达意大利东海岸的威尼斯。

威尼斯是世界闻名的水上城市，常有人把它比作中国的苏州。但是苏州基本上是陆地上的城市，不过城里有许多河道和桥梁。威尼斯却是由一百多个小岛组成的，一条较宽的曲折的水道，就算是大街，其余许许多多纵横交织的小水道，就算是小巷。三四百座大大小小的桥，将这些小岛上的一簇一簇的楼屋，穿连了起来。这里没有车马，只有往来如织的大小汽艇，代替了公共汽车和小卧车；此外还有黑色的、两端翘起、轻巧可爱的小游船，叫作Gondola，译作"共渡乐"，也还可以谐音会意。

这座小城，是极有趣的！你们想象看：家家户户，面临着水街水巷，一开起门来，就看见荡漾的海水和飞翔的海鸥。门口石阶旁边，长满了厚厚的青苔，从石阶上跳上公共汽艇，就上街去了。这座城里，当然也有教堂，有宫殿，和其他的公共建筑，座座都紧靠着水边。夜间一行行一串串的灯火，倒影在颤摇的水光里，真是静美极了！

威尼斯是意大利东海岸对东方贸易的三大港口之一，其余的两个是它南边的巴利和北边的特利斯提。在它的繁盛的时代，就是公元后十三世纪，那时是中国的元朝，有个商人名叫马可波罗曾到过中国，在扬州做过官。他在中国住了二十多年，回到威尼斯之后，写了一本游记，极称中国文物之盛。在他的游记里，曾仔细地描写过卢沟桥，因此直到现在，欧洲人还把卢沟桥称作马可波罗桥。

国际间的贸易，常常是文化交流的开端，精美的商品的互换，促进了两国人民相互的爱慕与了解。和平劳动的人民，是欢迎这种"有无相通"的。近几年来，中意两国间的贸易，由于人为的障碍，大大地减少了。这几个港口的冷落，使得意大利的工商业者，渴望和中国重建邦交，畅通贸易，这种热切的呼声，是我们到处可以听到的。

这几天欧洲的气候，真是反常！昨天在帕都瓦城，遇见大雪，那里本已是桃红似锦，柳碧如茵，而天空中的雪片，却是搓棉扯絮一般，纷纷下落。在雪光之中，看到融融的春景，在我还是第一次！

昨晚起雪化成雨，凉意逼人，现在我的窗外呼啸着呜呜的海风，风声中夹杂着悠扬的钟声；回忆起二十几年前的初春，我也是在阴雨中游了威尼斯，它的明媚的一面，我至今还没有看到！今天又是星期六，在寂静的时间中，我极其亲切地想起了你们。住学校的小朋友们，现在都该回到家里了吧？灯光之下，不知你们和家里人谈了些什么？是你们学习的情况，还是奋进的计划？又有几天没有看到祖国的报纸，消息都非常隔膜了。出国真不能走得太久，思想跟不上就使人落后！小朋友一定会笑我又"想家"了吧？——同行的人都冒雨出去参观，明天又要赶路，我独自留下，抽空再写几行，免得你们盼望，遥祝你们好好地度一个快乐的星期天！

你的朋友　冰　心
一九五八年四月十二日夜，意大利，威尼斯

美文赏析 MeiwenShangxi

威尼斯是作者重游的故地，虽然如二十几年前一样是在阴雨中游玩，无法领略它明媚的一面，但在作者眼中，这座水上小城依然是极有趣的。在这里，水道即是大街小巷，出门坐的是大小汽艇，而一种

> 叫"共渡乐"的小游船更能给人一种泛舟的乐趣。生活中的威尼斯，处处体现着异域的风情。而作为贸易港口的威尼斯，则在"公元后十三世纪"便通过一个名叫马可波罗的人和中国发生了联系。作者追古思今，发出了希望中意两国重建邦交的呼声，展现了她对中意两国人民友谊的珍视。

● **好词好句**

纵横交织　荡漾　障碍　融融　明媚　隔膜

● **延伸思考**

根据这篇通讯，想一想威尼斯为什么被称为水上的城市。

通 讯 十 三

亲爱的小朋友：

暑假又来到了，你们的读书计划早已订下了吧！

小朋友们不都是爱看故事书的吗？尤其是年纪较小的孩子，更喜欢看或者听关于动物的故事，比如猪哥哥啦，兔妹妹啦……当我们看到听到这些故事的时候，我们的脑子里不就立刻涌现出这些动物肥肥胖胖、蹦蹦跳跳、善良活泼的形象吗？这些形象是多么可爱呵。

天下的儿童都是一样的，不论是中国、英国或美国的儿童，都喜欢看生动有趣的故事和动物的性格结合起来的各种书画。但是在号称自由民主的美国，他们的作家却不能自由地写书，美国的小朋友也不能自由地看动物故事！他们禁止这些书，并不是因为书里的小动物有什么不好的行为，而是因为它们皮毛的颜色是黑的。

小朋友们，你觉得奇怪吗？事情是这样的：不久以前，在美国南方的亚拉巴马州，有一本儿童读物，叫作《小兔的婚礼》，里面说的是一只小黑兔和一只小白兔结婚的故事，这下大大地激怒了一些议员先生，他们在州议会上提出要禁止这本书。后来因为这个提议受到世界人民的讪笑，才暂时停止了。六月下旬，美国南方的佛罗里达州的一些议员，又在议会上提出要查禁一本叫作《三只小猪》的儿童读物。这故事里面有白的、花的、黑的三只小猪，被一只凶恶的狼捉住了。小黑猪最聪明，它乘狼不备，赶快逃掉，小花猪和小白猪没逃出去，就被狼吃了。

这样的两本浅显的儿童读物，居然会在隆重的州议会上被提出要求查禁，真是极其荒唐极其可笑的事情。但是从这件事情上面，也反映出了一个很重要的问题：就是美国有些白种人，对于国内一千七百多万黑种人的歧视和迫害，已经到了多么严重的地步！这真使世界上一切爱好自由平等、有正义感的人们，感到极端的愤怒！

美国的黑人在自己国家里的地位，是比白种人低下的。他们在生活上受到种种的限制，并且还受到严重的迫害。比方说，他们不能和白人一起坐车、一起上学、一起开会、一起居住、一起吃饭……总而言之，他们是被"隔离"起来的，他们必须躲开白人，在一切的生活权利上给白人让路。假如不这样做，他们就要受到最残酷的迫害，他们会毫无保障地被白人枪杀、吊死、烧死，挨打受骂更是不必提的了。因为美国的白种人认为黑种人肤色黑，因此智力也低，说他们是劣等民族，绝对不能和白人平起平坐，生活在一处的。

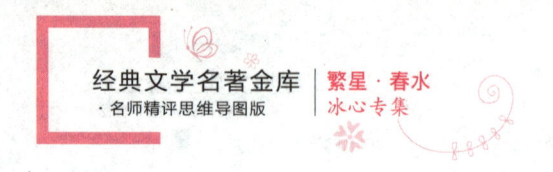

按照这个"道理",于是上面说的那两本儿童读物,在有些白种人眼中,就犯了不可饶恕的错误了。小黑兔怎么胆敢和小白兔结婚呢?小黑猪怎么会比小白猪更聪明呢?凡是毛色黑的,都是劣等动物呵!

小朋友,生活在自由幸福环境里的中国儿童,能够想象世界上还有这样蛮不讲理的事情吗?

以美帝国主义为首的殖民主义集团,把黑种的非洲人,和白种人以外的有色人种,都作为他们歧视和迫害的对象!小朋友,你们有的没有赶上看到殖民主义者在我们国土上、领海上那种无法无天的暴行;或者看到的已经记不清了……但是,可别忘了,美帝国主义还占据着我们的领土台湾呵!

现在,在亚洲,比如日本,在非洲,比如乌干达……还有许许多多的地方,这些国家里的人民,都在为反抗殖民主义者的歧视和迫害而不断斗争着。我们深信一切受压迫的人们,会把骑在他们头上的恶魔摔到地下去的。但是他们在斗争的道路上,还会碰到许多的困难和挫折,我们决不能让美国的黑人小朋友们,以及日本、乌干达等地的小朋友们,在他们的艰苦斗争中感到无助和孤单,我们要时时刻刻地想到他们,我们要响应每一个反对战争保卫和平的号召,在促进国际的团结和友谊上,尽上我们自己的一分力量……什么时候和平的力量大过战争的力量,帝国主义殖民主义者就在什么时候偃旗息鼓、退败下去,被压迫的民族就会翻身,连美国的儿童读物上的小黑兔、小黑猪……也都可以在书页上自由地和小朋友见面了,那不是一件大大痛快的事情吗?

下次再谈吧!祝你们快乐。

你的朋友 冰 心

一九五九年七月七日,北京

美文赏析 MeiwenShangxi

美国真的如同它所说的那样是"自由民主"的吗？在这篇通讯中，作者通过介绍美国禁止儿童读物《小兔的婚礼》和《三只小猪》事件，披露了美国严重的种族歧视状况，揭穿了美国"自由民主"的谎言。不仅如此，作者还指出在世界其他地方，也存在着人压迫人的现象。作者将世界存在的丑恶现象毫不隐瞒地告诉小朋友，一方面旨在扩展小朋友的视野，一方面意在培养他们公平正义、爱护弱小的观念。而作者对剥削阶级的痛斥，以及对受压迫人民的爱与同情便随着自己对小朋友的热切期望流淌出来，真挚感人。

● 写作借鉴

设置悬念，是写作的一种技巧。所谓悬念，就是能够引起人们兴趣而又不会使人马上获悉原因的情节。在这篇通讯中，作者便通过儿童读物中小动物皮毛是黑色的而受禁一事，制造了悬念，从而吸引小读者读下去，一探事情的究竟。

● 延伸思考

根据通讯的内容，想一想当今世界中是否还存在作者所说的情况。

通 讯 十 四

亲爱的小朋友：

　　读到这封信的时候，你们一定已经上学了；休息了一个暑假，重新回到学校里，一定感到新鲜而兴奋吧。

　　小朋友，你们的暑假生活过得丰富么？去过哪些有趣的地方？参加过哪些有意义的活动？看了哪些好书或是戏剧和电影？访问了哪些英雄、模范？你们那里下过滂沱大雨了么？河水涨了么？你们参加防涝或是防旱的工作了么？这一个多月中发生过多少值得记忆的事情呵！你们把这些事情，都写在日记上了么？或是写在信上给亲戚朋友们看了么？

　　小朋友，你们喜欢写信写日记么？你们写的时候觉得有困难么？是不是有时候觉得提起笔来无话可说呢？或是心中有话笔下写不出来呢？或是眼前闪烁着事物的形象、颜色、动作，笔下却形容不出来，而只好以"好看极了"、"好玩极了"、"有意思极了"等等简单模糊的字句，轻轻带过就算了呢？还有，你们是不是也有"提笔忘字"，在信上日记上写下许多错字的时候呢？

　　今年夏天，我带两个小朋友去逛北京西郊的动物园。这两个孩子都是小学三年级的学生，都很聪明活泼。那一回，我们玩得可真高兴。回来后他俩都写了日记。第一个孩子只写了四五十字（里面还有好几个错字），他只提到某月某日和什么人去逛了动物园，底下就像记账似的列举了一些动物的名字，什么白熊、大象、猴子、狮子、斑马、孔雀等等，他觉得"好玩极了"，以后就回来吃饭睡觉了。第二个孩子却写了一千多字，他从那天的天气和动物园里的游人等写起，以及那些动物，如白熊、大象、斑马、孔雀等等的动作、形态和皮毛、羽毛的颜色，都写得十分生动鲜明；而且他把我对他们谈过的话，也记下来了！我说："我小的时候，也逛过这个动物园，那时它叫'万牲园'，里面只有几只很平常的动物，还有脱了毛的孔雀、老掉了牙的大象……现在却有这么多的珍禽异兽，而且差不多每年每月都增加新的种类。"还有我对他们谈的许多外国动物园的情形，他也有条不紊地记下了。他的这一篇日记，写得整整齐齐，没有一个错字，使人看了很舒服，没有去过北京动物园的人读了，会引起一种"身临其境"的真切的感觉。

这个孩子的老师和母亲对我所说的话，证实了我对他的评价：他是一个好学生。他很喜欢语文课，老师讲课的时候，他总是专心地听，笔记也写得很好，从来没有错字；他尤其喜欢读书，辅导员和老师介绍过的书刊，他总是读得很仔细，不但记住书里的故事，还把书里优美的、有力的字句和词汇，都摘记在一个小本子里。他脑子里积攒的词汇很多，又会灵活运用，因此他写起作文来，毫不费力，每次作文他都写得很好，写信写日记，也是如此。老师对他的学习成绩是很满意的，对于他的作文，尤其称赞，认为他已经找到了提高阅读和写作能力的门径。

语文是一门基础知识，是一门工具学科。学会了学好了语文，我们才能很好地了解其他的课文，才会读书看报，才会写信写日记，才会写好"作文"。你们现在的语文课本，里面有许多思想性很高的、写得很好的故事和诗歌，老师们又讲得很好，你们应当抓紧学习的时光，好好地听讲，好好地写笔记，还要细看每个字的写法。把语文学好了，就会同那位写日记写得很好的小朋友一样，阅读和写作的能力也不断地提高。到了你能够很好地掌握文字这个工具，使它能为表达你的思想感情而熟练地服务的时候，你将会感到无限的快乐，而看你的文章的人，也会感到快乐的。

再谈吧，愿你们在新学年中好好地学习语文！

你的朋友 冰 心
一九五九年八月十九日，北京

美文赏析

在这篇通讯中，作者向我们指出了语文的重要性，并通过一位小朋友学习语文的经历向我们介绍了学好语文的经验。在作者看来，"语文是一门基础知识，是一门工具学科。"只有学好语文，我们才能了解其他的课文，才能读书看报……那么，如何学好语文呢？作者以一位日记写得特别好的小朋友为例，生动活泼地向我们讲述了学好语文的经验，即上课认真听讲、做笔记；热爱读书，将书中优美的词汇摘抄下来并灵活地运用。作者殷切地期盼小朋友学好语文，因为这样不但能给自己带来快乐，也会给"看你的文章的人"带来快乐。

● 好词好句

滂沱　珍禽异兽　有条不紊　身临其境

● 延伸思考

根据通讯的内容，并结合自己的实际情况，想一想如何才能学好语文。

我的童年

我生下来七个月,也就是一九〇一年的五月,就离开我的故乡福州,到了上海。

那时我的父亲是"海圻"巡洋舰的副舰长,舰长是萨镇冰先生。巡洋舰"海"字号的共有四艘,就是"海圻"、"海筹"、"海琛"、"海容",这几艘军舰我都跟着父亲上去过。听说还有一艘叫作"海天"的,因为舰长驾驶失误,触礁沉没了。

上海是个大港口,巡洋舰无论开到哪里,都要经过这里停泊几天,因此我们这一家便搬到上海来,住在上海的昌寿里。这昌寿里是在上海的哪一区,我就不知道了,但是母亲所讲的关于我很小时候的故事,例如我写在《寄小读者》通讯(十)里面的一些,就都是以昌寿里为背景的。我关于上海的记忆,只有两张相片作为根据,一张是父亲自己照的:年轻的母亲穿着沿着阔边的衣裤,坐在一张有床架和帐楣的床边上,脚下还摆着一个脚炉,我就站在她的身旁,头上是一顶青绒的帽子,身上是一件深色的棉袍。父亲很喜欢玩些新鲜的东西,例如照相,我记得他的那个照相机,就有现在卫生员背的药箱那么大!他还有许多冲洗相片的器具,至今我还保存有一个玻璃的漏斗,就是洗相片用的器具之一。另一张相片是在照相馆照的,我的祖父和老姨太坐在茶几的两边,茶几上摆着花盆、盖碗茶杯和水烟筒,祖父穿着夏天的衣衫,手里

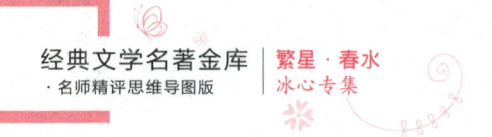

拿着扇子；老姨太穿着沿着阔边的上衣，下面是青纱裙子。我自己坐在他们中间茶几前面的一张小椅子上，头上梳着两个丫角，身上穿的是浅色衣裤，两手按在膝头，手腕和脚踝上都戴有银镯子，看样子不过有两三岁，至少是会走了吧。

父亲四岁丧母，祖父一直没有再续弦，这位老姨太大概是祖父老了以后才娶的。我在一九一一年回到福州时，也没有听见家里人谈到她的事，可见她在我们家里的时间是很短暂的，记得我们住在山东烟台的时期内，祖父来信中提到老姨太病故了。当我们后来拿起这张相片谈起她时，母亲就夸她的活计好，她说上海夏天很热，可是老姨太总不让我光着膀子，说我背上的那块蓝"记"是我的前生父母给涂上的，让他们看见了就来讨人了。她又知道我母亲不喜欢红红绿绿的，就给我做白洋纱的衣裤或背心，沿着黑色烤绸的边，看去既凉爽又醒目。母亲说她太费心了，她说费事倒没有什么，就是太素淡了。的确，我母亲不喜欢浓艳的颜色，我又因为从小男装，所以我从来没有扎过红头绳。现在，这两张相片也找不到了。

在上海那两三年中，父亲隔几个月就可以回来一次。母亲谈到夏天夜里，父亲有时和她坐马车到黄浦滩上去兜风，她认为那是她在福州时所想望不到的。但是父亲回到家来，很少在白天出去探亲访友，因为舰长萨镇冰先生说不定什么时候就会派水手来叫他。萨镇冰先生是父亲在海军中最敬仰的上级，总是亲昵地称他为"萨统"。（"统"就是"统领"的意思，我想这也和现在人称的"朱总"、"彭总"、"贺总"差不多。）我对萨统的印象也极深。记得有一次，我拉着一个来召唤我父亲的水手，不让他走，他笑说："不行，不走要打屁股的！"我问："谁叫打？用什么打？"他说："军官叫打就打，用绳子打，打起来就是

'一打'，'一打'就是十二下。"我说："绳子打不疼吧？"他用手指比划着说："喝！你试试看，我们船上用的绳索粗着呢，浸透了水，打起来比棒子还疼呢！"我着急地问："我父亲若不回去，萨统会打他吧？"他摇头笑说："不会的，当官的顶多也就记一个过。萨统很少很少打人，你父亲也不打人，打起来也只打'半打'，还叫用干索子。"我问："那就不疼了吧？"他说："那就好多了……"这时父亲已换好军装出来，他就笑着跟在后面走了。

大概就在这个时候，母亲生了一个妹妹，不几天就夭折了。头几天我还搬过一张凳子，爬上床去亲她的小脸，后来床上就没有她了。我问妹妹哪里去了，祖父说妹妹逛大马路去了，但她始终就没有回来！

一九○三——一九○四年之间，父亲奉命到山东烟台去创办海军军官学校。我们搬到烟台，祖父和老姨太又回到福州去了。

我们到了烟台，先住在市内的海军采办所，所长叶茂蕃先生让出一间北屋给我们住。南屋是一排三间的客厅，就成了父亲会客和办公的地方。我记得这客厅里有一副长联是：

此地有崇山峻岭茂林修竹

是能读三坟五典八索九丘

我提到这一副对联，因为这是我开始识字的一本课文！父亲那时正忙于拟定筹建海军学校的方案，而我却时刻缠在他的身边，说这问那，他就停下笔指着那副墙上的对联说："你也学着认认字好不好？你看那对子上的山、竹、三、五、八、九这几个字不都很容易认吗？"于是我就也拿起一支笔，坐在父亲的身旁一边学认一边学写，就这样，我把对联上的二十二个字都会念会写了，虽然直到现在我还不知道这"三坟五典八索九丘"究竟是哪几本古书。

不久，我们又搬到烟台东山北坡上的一所海军医院去寄居。这时来帮我父亲做文书工作的，我的舅舅杨子敬先生，也把家从福州搬来了，我们两家就住在这所医院的三间正房里。

这所医院是在陡坡上坐南朝北盖的，正房比较阴冷，但是从廊上东望就看见了大海！从这一天起，大海就在我的思想感情上占了一个极其重要的位置。我常常心里想着它，嘴里谈着它，笔下写着它；尤其是三年前的十几年里，当我忧从中来，无可告语的时候，我一想到大海，我的心胸就开阔了起来，宁静了下去！一九二四年我在美国养病的时候，曾写信到国内请人写一副"集龚"的对联，是：

世事沧桑心事定

胸中海岳梦中飞

谢天谢地，因为这副很短小的对联，当时是卷起压在一只大书箱的箱底的，"四人帮"横行，我家被抄的时候，它竟没有和我其他珍藏的字画一起被抄走！

现在再回来说这所海军医院。它的东厢房是病房，西厢房是诊室，有一位姓李的老大夫，病人不多。门房里还住着一位修理枪支的师傅，大概是退伍军人吧！我常常去蹲在他的炭炉旁边，和他攀谈。西厢房的后面有个大院子，有许多花果树，还种着满地的花，还养着好几箱的蜜蜂，花放时热闹得很。我就因为常去摘花，被蜜蜂螫了好几次，每次都是那位老大夫给我上的药，他还告诫我：花是蜜蜂的粮食，好孩子是不抢人的粮食的。

这时，认字读书已成了我的日课，母亲和舅舅都是我的老师，母亲教我认"字片"，舅舅教我的课本，是商务印书馆的国文教科书第一册，从"天地日月"学起。有了海和山作我的活动场地，我对于认字，就没有了兴趣，我在一九三二年写的《冰心全集》自序中，曾有过这一段，就是以海军医院为背景的：

……有一次母亲关我在屋里，叫我认字，我却挣扎着要出去。父亲便在外面，用马鞭子重重地敲着堂屋的桌子，吓唬我，可是从未打到我的头上的马鞭子，也从未把我爱跑的癖气吓唬回去……

不久，我们又翻过山坡，搬到东山东边的海军练营旁边新盖好的房子里。这座房子盖在山坡挖出来的一块平地上，是个四合院，住着筹备海军学校的职员们。这座练营里已住进了一批新招来的海军学生，但也住有一营（？）的练勇（大概那时父亲也兼任练营的营长）。我常常跑到营门口去和站岗的练勇谈话。他们不像兵舰上的水兵那样穿白色军装。他们的军装是蓝布包头，身上穿的也是蓝色衣裤，胸前有白线绣的"海军练勇"字样。当我跟着父亲走到营门口，他们举枪立正之后，父亲进去了就挥手叫我回来。我等父亲走远了，却拉那位练勇蹲了下来，一面摸他的枪，一面问："你也打过海战吧？"他摇头说："没有。"我说："我父亲就打过，可是他打输了！"他站了起来，扛起枪，用手拍着枪托子，说："我知道，你父亲打仗的时候，我还没当兵呢。你等着，总有一天你的父亲还会带我们去打仗，我们一定要打个胜仗，你信不信？"这几句带着很浓厚山东口音的誓言，一直在我的耳边回响着！

回想起来，住在海军练营旁边的时候，是我在烟台八年之中，离海最近的一段。这房子北面的山坡上，有一座旗台，是和海上军舰通旗语的地方。旗台的西边有一条山坡路通到海边的炮台，炮台上装有三门大炮，炮台下面的地下室里还有几个鱼雷，说是"海天"舰沉后捞上来的。这里还驻有一支穿白衣军装的军乐队，我常常跟父亲去听他们演习，我非常尊敬而且羡慕那位乐队指挥！炮台的西边有一个小码头。父

亲的舰长朋友们来接送他的小汽艇，就是停泊在这码头边上的。

写到这里，我觉得我渐渐地进入了角色！这营房、旗台、炮台、码头，和周围的海边山上，是我童年初期活动的舞台。我在一九六二年九月十八日夜曾写过一篇叫作《海恋》的散文，里面有：

……我童年活动的舞台上，从不更换的布景……在清晨，我看见金盆似的朝日，从深黑色、浅灰色、鱼肚白色的云层里，忽然涌了上来；这时太空轰鸣，浓金泼满了海面，染透了诸天……在黄昏，我看见银盘似的月亮，颤巍巍地捧出了水平，海面变成一层层一道道的，由浓黑而银灰，渐渐地漾成光明闪烁的一片……这个舞台，绝顶静寂，无边辽阔，我既是演员，又是剧作者。我虽然单身独自，我却感到无限的欢畅与自由。

就在这个期间，一九〇六年，我的大弟谢为涵出世了。他比我小得多，在家塾里的表哥哥和堂哥哥们又比我大得多；他们和我玩不到一块儿，这就造成了我在山巅水涯独往独来的性格。这时我和父亲同在的时间特别多。白天我开始在家塾里附学，念一点书，学作一些短句子，放了学父亲也从营里回来，他就教我打枪、骑马、划船，夜里就指点我看星星。逢年过节，他也带我到烟台市上去，参加天后宫里海军军人的聚会演戏，或到玉皇顶去看梨花，到张裕酿酒公司的葡萄园里去吃葡萄，更多的时候，就是带我到进港的军舰上去看朋友。

一九〇八年，我的二弟谢为杰出世了，我们又搬到海军学校后面的新房子里来。

这所房子有东西两个院子，西院一排五间是我们和舅舅一家合住的。我们住的一边，父亲又在尽东头面海的一间屋子上添盖了一间楼房，上楼就望见大海。我在《海恋》中有过这么一段描写，就是在这楼上所望见的一切：

右边是一座屏幛似的连绵不断的南山,左边是一带围抱过来的丘陵,土坡上是一层一层的麦地,前面是平坦无际的淡黄的沙滩。在沙滩与我之间,有一簇依山上下高低不齐的农舍,亲热地偎倚成一个小小的村落。在广阔的沙滩前面,就是那片大海!这大海横亘南北,布满东方的天边,天边有几笔淡墨画成的海岛,那就是芝罘岛,岛上有一座灯塔……

在这时期,我上学的时间长了,看书的时间也多了,主要的还是因为离海远些了,父亲也忙些了,我好些日子才到海滩上去一次,我记得这海滩上有一座小小的龙王庙,庙门上的对联是:

群生被泽

四海安澜

因为少到海滩上去,那间望海的楼房就成了我常去的地方。这房间算是客房,但是客人很少来往,父亲和母亲想要习静的时候就到那里去。我最喜欢在风雨之夜,倚栏凝望那灯塔上的一停一射的强光,它永远给我以无限的温暖快慰的感觉!

这时,我们家塾里来了一位女同学,也是我的第一个女伴,她是父亲同事李毓丞先生的女儿名叫李梅修的,她比我只大两岁,母亲说她比我稳静得多。她的书桌和我的摆在一起,我们十分要好。这时,我开始学会了"过家家",我们轮流在自己"家"里"做饭",互相邀请,吃些小糖小饼之类。一九一一年,我们在福州的时候,父亲得到李伯伯从上海的来信,说是李梅修病故了,我们都很难过,我还写了一篇《祭亡友李梅修文》寄到上海去。

我和李梅修谈话或做游戏的地方,就在楼房的廊上,一来可以免受表哥哥和堂哥哥们的干扰,二来可以赏玩海景和园景。从楼廊上往前看是大海,往下看就是东院那个客厅和书斋的五彩缤纷的大院子。父亲公

余喜欢栽树种花，这院子里种有许多果树和各种的花。花畦是父亲自己画的种种几何形的图案，花径是从海滩上挑来的大卵石铺成的，我们清晨起来，常常在这里活动。我记得我的小舅舅杨子玉先生，他是我的外叔祖父杨颂岩老先生的儿子，那时正在唐山路矿学堂肄业，夏天就到我们这里来度假。他从烟台回校后，曾寄来一首长诗，头几句我忘了，后几句是：

忆昔夏日来芝罘，

照眼繁花簇小楼。

清晨微步惬情赏，

向晚琼筵勤劝酬。

欢娱苦短不逾月，

别来倏忽惊残秋。

花自凋零吾不见，

共怜福份几生修。

小舅舅是我们这一代最欢迎的人，他最会讲故事，讲得有声有色。他有时讲吊死鬼的故事来吓唬我们，但是他讲得更多的是民族意识很浓厚的故事，什么洪承畴卖国啦，林则徐烧鸦片啦等等，都讲得慷慨淋漓，我们听过了往往兴奋得睡不着觉！他还拉我的父亲和父亲的同事们组织赛诗会，就是：在开会时大家议定了题目，限了韵，各人分头做诗，传观后评定等次，也预备了一些奖品，如扇子、笺纸之类。赛诗会总是晚上在我们书斋里举行，我们都坐在一边旁听。现在我只记得父亲做的《咏蟋蟀》一首，还不完全：

庭前……正花黄，

床下高吟际小阳。

笑尔专寻同种斗，

争来名誉亦何香。

还有《咏茅屋》一首，也只记得两句：

久处不须忧瓦解，

雨余还得草根香。

我记住了这些句子，还是因为小舅舅和我父亲开玩笑，说他做诗也解脱不了军人的本色。父亲也笑说："诗言志嘛，我想到什么就写什么，当然用词赶不上你们那么文雅了。"但是我体会到小舅舅的确很喜欢父亲的"军人本色"，我的舅舅们和父亲以及父亲的同事们在赛诗会后，往往还谈到深夜。那时我们都睡觉去了，也不知道他们都谈些什么。

小舅舅每次来过暑假，都带来一些书，有些书是不让我们看的，越是不让看，我们就越想看，哥哥们就怂恿我去偷，偷来看时，原来都是《天讨》之类的"同盟会"的宣传册子。我们偷偷地看了之后，又偷偷地赶紧送回原处。

一九一〇年我的三弟谢为楫出世了。就在这后不久，海军学校发生了风潮！

大概在这一年之前，那时的海军大臣载洵，到烟台海军学校视察过一次，回到北京，便从北京贵胄学堂派来了二十名满族学生，到海军学校学习。在一九一一年的春季运动会上，为着争夺一项锦标，一两年中蕴积的满汉学生之间的矛盾表面化了！这一场风潮闹得很凶，北京就派来了一个调查员郑汝成，来查办这个案件。他也是父亲的同学。他背地里告诉父亲，说是这几年来一直有人在北京告我父亲是"乱党"，并举海校学生中有许多同盟会员——其中就有萨镇冰老先生的侄子（？）萨福昌……而且学校图书室订阅的，都是《民呼报》之类，替同盟会宣传的

报纸为证等等，他劝我父亲立即辞职，免得落个"撤职查办"。父亲同意了，他的几位同事也和他一起递了辞呈。就在这一年的秋天，父亲恋恋不舍地告别了他所创办的海军学校，和来送他的朋友、同事和学生，我也告别了我的耳鬓厮磨的大海，离开烟台，回到我的故乡福州去了！

这里，应该写上一段至今回忆起来仍使我心潮澎湃的插曲。振奋人心的辛亥革命在这年的十月十日发生了！我们在回到福州的中途，在上海虹口住了一个多月。我们每天都在抢着等着看报。报上以黎元洪将军（他也是父亲的同班同学，不过父亲学的是驾驶，他学的是管轮）署名从湖北武昌拍出的起义的电报（据说是饶汉祥先生的手笔），写得慷慨激昂，篇末都是以"黎元洪泣血叩"收尾。这时大家都纷纷捐款劳军，我记得我也把攒下的十块压岁钱，送到申报馆去捐献，收条的上款还写有"幼女谢婉莹君"字样。我把这张小小的收条，珍藏了好多年，现在，它当然也和如水的年光一同消逝了！

一九七九年七月四日清晨

美文赏析 MeiwenShangxi

这是冰心在七十九岁高龄时撰写的回忆童年时光的文章。在文中，她满含深情地描述了自己在上海昌寿里和山东烟台度过的童年岁月。

在冰心记忆中，童年是温馨的。在上海昌寿里，两张照片见证着家的温暖及父亲、母亲、祖父、老姨太对自己的疼爱。尤其是老姨太，她甚至不让自己光着膀子，"说我背上的那块蓝'记'是我的前生父母给涂上的，让他们看见了就来讨人了"。这虽然是迷信的想法，但却流露着老姨太对"我"浓浓的爱。

在冰心记忆中，童年是"无限的欢畅与自由"的。在山东烟台，"我"找到了属于自己的舞台，见到了"在我的思想感情上占了一个极其重要的位置"的大海。大海成了"独往独来"的"我"的伙伴，在它的怀抱里，"我"既是"演员"——演绎着自己精彩的童年，又是"剧作者"——书写、规划着自己的童年时光。

在冰心记忆中，童年亦是丰富多彩的。母亲教"我"识字；父亲教"我"打枪、骑马、划船，带"我"看演戏、吃葡萄；小舅舅讲"民族意识"很浓的故事给"我"听，并让"我"参加他组织的赛诗会，接受古典文化的熏陶；"我"悄悄去偷小舅舅的书……这一桩桩有趣的事情都让"我"记忆犹新。

在冰心记忆中，童年还是夹杂着痛苦的。第一个女伴——李梅修的不幸早逝，让"我"伤心不已，而父亲学校的风潮则让"我"告别了"我的耳鬓厮磨的大海"。

童年对于冰心来说，是美好的、温暖的、令人回味的。即便是她在最后记录的自己为武昌起义捐款一事，读来也流露着少女特有的兴奋与激动。

● **好词好句**

崇山峻岭　茂林修竹　忧从中来　耳鬓厮磨　心潮澎湃

● **延伸思考**

作者在文中说自己最喜欢在风雨之夜倚栏凝望灯塔上的强光，这表达了作者怎样的思想感情？

三寄小读者

通 讯 四

亲爱的小朋友：

这些年来，尤其是最近，我常常收到小朋友们的来信，问我怎样才能写好作文。我真觉得一时无从说起，而且每一个小朋友的具体情况不同，我也不能一一作答。我想来想去，只能从我自己的写作经验和实践说起。

首先，创作来源于生活，没有生活中的真情实事，写出来的东西就不鲜明，不生动；没有生活中真正感人的情境，写出来的东西，就不能感人。古人说"情文相生"，也就是说真挚的感情，产生了真挚的文字。那么，从真实的生活中，把使你喜欢或使你难过的事情，形象地反映了出来，自然就会写成一篇比较好的文章。

许多小朋友问道："我遇到过许多使我感动的事情，心里也有许多感想，可就是有'意思'没有'词儿'，怎样办？"那么，从我自己的经验来说，除了多看书多借鉴之外，没有别的办法。

小朋友比我幸福多了！我小的时候，旧社会很少有为儿童编写的读物，也很少适宜于儿童阅读的东西。我只在大人的书架上乱翻，勉强看得懂的，就抽出来看，那些书也不过是《西游记》《水浒传》《三国演义》之类，以后就是些唐诗、宋词，以及《古文观止》等等，但是现在想起来，也就是这些古书，给了我很大的益处。

毛主席教导我们说："我们必须继承一切优秀的文学艺术遗产，批判地吸收其中一切有益的东西，作为我们从此时此地的人民生活中的文学艺术原料创造作品时候的借鉴。有这个借鉴和没有这个借鉴是不同的，这里有文野之分，粗细之分，高低之分，快慢之分。"我自己对于毛主席这段话的体会是：借鉴前人的文章诗词，至少可以丰富我们的词汇，使得我们在写情写境的时候，可以写得更简练些，更鲜明些，更生动些。

"四人帮"打倒了，不但有更多的少年儿童刊物和读物出版了，还有许多在"四人帮"横行时候，不能再版的现代作品，如《刘白羽散文选》，以及"四人帮"打倒了之后的新作品，如刘心武老师的《母校留念》短篇小说集等也出版了。我只举了以上两本，其他还有许许多多，有待于小朋友自己去翻阅了——此外，重新出版了《唐诗选》《宋词选》《古文观止》等古书，这些古代作品，都是经过精选的，有机会可以拿来看看，不懂得的地方可以看注解，还可以问老师；最方便的还是自己会用工具书，如查《新华字典》，或《辞海》《辞源》。一个词或字，经过自己去查去找，也更容易记住。

就这样，你看的书多了，可以借鉴的东西也多了，你的词汇就丰富了。当你写一篇作文，如《我的第一位老师》的时候，你的第一位老师的形象，微笑地站在你的面前，你就会运用你新学到的词汇，来描写她的容貌、声音、语言、行动。因为你写的是你所熟悉的真人真事，而你写得又那样地鲜明生动，那自然就是一篇好文章。当你写一篇作文，如《动物园的一天》，你就会用你新学到的词汇，来描写出你所看到的鸟、兽、虫、鱼；花、草、树、木的种种的颜色、动作和声音。因为你形容得那么逼真、活泼，就一定会得到读者的欣赏和共鸣。这就是"情

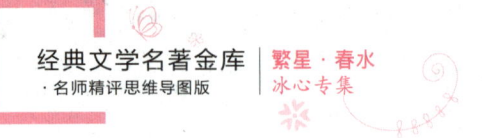

文相生"的另一方面！

　　小朋友，炎暑过去了，学校又开学了。我能体会到你们见到老师和同学们，以及捧着新课本时的欢喜情绪，这都是鼓舞你们向科学文化进军的力量。我希望你们不但要好好学习课内的书，有空的时候，也多看些课外的书，比如说，像我在上面提到的那一些。这不但是为帮助你写好作文，最重要的还是扩大你的知识面。知识就是力量，我们社会主义祖国的接班人，就需要这种力量，是不是？

　　希望你们爱书，好书永远是我们最好的朋友！

你们的朋友　冰　心
一九七八年九月七日

美文赏析

　　《三寄小读者》是冰心在新中国进入新的发展时期后创作的，字里行间流露着对小读者的爱与期望。在这篇通讯中，作者就自己的写作经验向小朋友谈了"写好作文"的方法，即一是要反映生活中的"真情实事"，二是要多读书、多积累。作者将这些经验细致地向小朋友讲来，在希望小朋友写好作文的同时，也寄予了自己希望小朋友积累知识，成为社会主义祖国接班人的愿望。

● **好词好句**

借鉴　适宜　批判　简练　鲜明　翻阅　共鸣

● **延伸思考**

想一想，除了作者讲述的方法，还有什么方法可以提高作文水平。

通 讯 六

亲爱的小朋友：

窗外一声爆竹，把我从沉思中惊醒了，往窗外看时，我看见一个小朋友正在雪地上放爆竹呢。他只有七八岁光景，穿着一件蓝色棉猴，蹲在地上，把手臂伸得长长地在点一支立在地上的鞭炮。远远地还站着一个穿着红色棉猴的小女孩，大概是他的妹妹吧。她双手捂着耳朵，充满着惊喜的双眼却注视着那嗤嗤发声的鞭炮……多么生动而可爱的一幅图画呵！

这使我想起我小的时候，每到新春季节，总会看见人家门口贴的红纸春联，上面有的写着："爆竹一声除旧，桃符万户更新"——桃符就是春联的别名——这对春联，到现在也还有其现实的意义，就是说一声巨响的爆竹，一阵浓烈的硝烟，扫除了阻碍我们前进的一切旧的东西，比如说，封建主义、官僚主义；之后，家家户户的春联还要写上他们自己迎接新春的最新最好的决心和愿望，这不但是鞭策自己，也是鼓励别人！小朋友，一九七九年来到了，我们最新最美的决心和愿望是什么呢？

党的三中全会，向我们号召说："全党工作的着重点应该从一九七九年转移到社会主义现代化的建设上来。"小朋友，你们都是社会主义现代化的后备军，今天，你们的着重点应该放在哪里呢？

四个现代化关键在科技，基础在教育，而中小学的教育更是基础的基础！那么，在中小学的课程里，哪一门是最重要的呢？我觉得最重要的还应当是语文！

文字是写在纸上的语言。认不清、看不懂文字就等于视而不见的瞎子；写不出，写不好文字就等于说不出话的哑巴。生活在旧社会的广大劳动人民所吃过的不识字的苦，我们听到看到的难道还少吗？

有好几位数、理、化的教师，都恳切地对我谈过，学生如不把语文学好，就看不懂数、理、化的书本和习题，对于他所认为最重要的数、理、化课程，就不会有很好的理解。他们感慨地说："数、理、化学不好，拉了四个现代化的后腿，而语文学不好就拉了数、理、化的后腿。"他们讲得多么深刻呵！

学习语文本来就是要培养我们识字、阅读和写作的能力，这是在四个现代化长征路上最起码的武装。语文又是一切装备中，最锐利的武器。语文学好了，工作才能做好，才能精益求精，学外语也是如此。还有，无论外语学得多好，如果不在本国语文上下功夫，也就不能把外语翻译得准确、鲜明、生动，也就不能收到"洋为中用"的效果！

要学好语文，上课、听讲、做作业，当然是主要的，但这还不够。我们一定要把学习语文的门户开得大大的，除了课本之外，各人自己找书看，看到好书之后，同学之间还要互相介绍，也要向老师和家长请教。

小朋友，切不可把看书当作一种负担，看书是一种快乐，一种享受。苏联文学家高尔基曾经这样说过："我兴奋地、惊异地阅读了许多书，但这些书并没有使我脱离现实，反而加强了我对现实的兴趣，提高了观察、比较的能力，燃起了我对生活知识的渴望。"你一旦进入了生活知识的宝库，你就会感到又喜又惊，流连忘返。而你从这宝库里所探到的一切，就会把你"全副披挂"了起来，使你能在社会主义现代化的长征路上，成为一个无比坚强的战士。

让我告诉你们一个大好的消息：全国少年儿童读物出版工作会议，拟定了一个一九七八年至一九八〇年部分重点少儿读物出版的规划。拟定出版的图书有：《少年百科全书》《小学生文库》《少年自然科学丛书》《少年科学画册》以及《外国儿童文学名著》等将近三十套。我们有了已经出版的许多儿童读物,再加上这将近三十套的图书,在将来的三年中,就尽够你们在知识的海洋中游泳的了。不是吗?

我在充满了希望与喜悦的心情之中,向你们祝贺,愿你们过一个健康快乐的春节!

你们的朋友 冰 心
一九七八年十二月三十日

美文赏析 MeiwenShangxi

在这篇通讯中,作者强调了语文在学习中的基础作用。她引用几位数、理、化老师的话,指出语文学不好的后果——看不懂数、理、化的书本和习题,对数、理、化课程就不会有很好的理解。不仅如此,作者还进一步指出学好语文对学好外语的重要性,因为只有学好语文,才能把外语翻译得准确、生动、鲜明,才能收到"洋为中用"的效果。

● **好词好句**

家家户户　鞭策　号召　恳切　感慨　精益求精　流连忘返

● **延伸思考**

根据自己的学习体会,谈一谈你对语文这门学科的认识。

通讯八

亲爱的小朋友：

节日好！好久没有给你们写信了，但是在这一春天里，我一刻也没有把你们忘掉，特别是看到春草绿了，春花开了，想到在春天里生气勃勃地锻炼着、学习着、工作着的我国的两亿小朋友，我对我国的四个现代化的未来，总是充满着希望和喜悦。现在借着向你们祝贺节日的机会，告诉你们我最近遇到的很难忘记的一件事。

有一天早晨，我出去开会，因为是雨后初晴，这大院里的地上还是很滑的，我只顾低头看路，忽然听见前面有清脆的声音叫："老爷爷，慢点走，等我来扶您！"抬头看时，原来是一个背着书包、戴着红领巾、梳着双辫的小姑娘，正在追上一位老爷爷，扶着他的胳臂，慢慢地走过一段泥泞的路。等到走上了柏油大路，老爷爷向她点了点头，她才放了手，笑着跳着向前走了。这时马路边有几个小孩子，正在围住一棵新栽上的小杨树使劲地摇晃。这个小姑娘走过去，不知道对那些孩子说些什么，孩子们都放了手，抬头看着她不好意思地笑着。她笑着拍了拍每个孩子的头，正要往前走，又看见马路上散落着一些纸片，那是走在她前面的那个男孩子边走边撒的。她就停下来，把那些碎纸一片一片地拣了起来，三步两步地追上前去，把这些纸塞在那个男孩子的手里。他们站在路边说了几句话，我也听不见他们说些什么，只看见那个男孩子先是低下头，后来又点了头，最后他们两人又说又笑地向前走去。

我想再跟她走下去，但是我开会地点和她要去的学校不在一条路上，我们必须分开走了。而我还是站在路口望着他们并肩走去的背影，久久舍不得离开。

多么好的一个孩子！只在短短的几分钟里，短短的一段路上，她已经做了这几件好事，那么，在一天、一年、一生中，她该为人民为国家做多少好事呢？

亲爱的小朋友，我们都知道而且坚信，只有现在的"三好"学生，才能胜任地负起实现我国四个现代化的光荣任务。关于怎样能做到身体好，学习好，小朋友们一定都听得很多，在此我就不多说了。因着那位小姑娘的启发，对于怎样做到工作好，我倒有点想法。小朋友们不但在家庭里和学校里有许多工作可做，而且在社会上也可以做许多工作。就像我看到的那个小姑娘，她在上学路上，就扶着一位老大爷走过一段难走的泥路；还说服了几个小孩子，要他们爱护绿化城市的树木；还帮助她的同学，要他爱护公共卫生和整洁的市容。她不知道我跟在她后面，她不是做给我看。她的这些良好的表现是从她所受过的良好的家庭、学校、社会教育里逐渐养成的。习惯成自然，她的良好的一言一行是多么自然，多么可爱。

小朋友，让我们都向她学习，一个小朋友每天做几件好事，那么两亿小朋友会做出多少好事呢？我们祖国面貌的日日更新，还会是一件很难的事情吗？

小朋友们一定会看到更多的像我所看到的这样闪光的儿童形象，不妨也写出来让我们互相学习吧！

再一次祝你们节日快乐！

你们的朋友　冰　心
一九七九年五月十二日

美文赏析 MeiwenShangxi

在这篇通讯里,作者记述了令她难忘的一件事。在开会的途中,她遇到了一位做好事的小姑娘。这位小姑娘先是搀扶一位老大爷走过一段难走的泥路,之后又说服几个小孩子要爱护绿化城市的树木,最后还帮助一个孩子认识到要爱护公共卫生和整洁的市容。作者为祖国拥有这样的"三好"学生而高兴、自豪,并指出她的这些良好的表现都是从家庭、学校、社会教育中形成的,是习惯成自然。文章最后,作者号召所有的小朋友都向她学习,逐步培养自己的好习惯、好品德,努力把祖国变得更美好。

● 好词好句

生气勃勃　摇晃　散落　启发　一言一行

● 延伸思考

根据本篇通讯,想一想如何做到工作好,又如何做到身体好、学习好。

去国

英士独自一人凭在船头栏杆上，正在神思飞越的时候。一轮明月，照着太平洋浩浩无边的水。一片晶莹朗澈，船不住的往前走着，船头的浪花，溅卷如雪。舱面上还有许多的旅客，三三两两的坐立谈话，或是唱歌。

他心中都被快乐和希望充满了，回想八年以前，十七岁的时候，父亲朱衡从美国来了一封信，叫他跟着自己的一位朋友，来美国预备学习土木工程，他喜欢得什么似的。他年纪虽小，志气极大，当下也没有一点的犹豫留恋，便辞了母亲和八岁的小妹妹，乘风破浪的去到新大陆。

那时还是宣统三年九月，他正走到太平洋的中央，便听得国内已经起了革命。朱衡本是革命党中的重要分子，得了党中的命令，便立刻回到中国。英士绕了半个地球，也没有拜见他的父亲，只由他父亲的朋友，替他安顿清楚，他便独自在美国留学了七年。

年限满了，课程也完毕了，他的才干和思想，本来是很超绝的，他自己又肯用功，因此毕业的成绩，是全班的第一，师友们都是十分夸羡，他自己也喜欢的了不得。毕业后不及两个礼拜，便赶紧收拾了，回到祖国。

这时他在船上回头看了一看，便坐下，背靠在栏杆上，口里微微的唱着国歌。心想："中国已经改成民国了，虽然共和的程度还是幼稚，但是从报纸上看见说袁世凯想做皇帝,失败了一次,宣统复辟,又失败了一次,可见民气是很有希望的。以我这样的少年,回到少年时代大有作为的中国,正合了'英雄造时势,时势造英雄'那两句话。我何幸是一个少年,又何幸生在少年的中国,亲爱的父母姊妹!亲爱的祖国!我英士离着你们一天一天的近了。"

想到这里,不禁微笑着站了起来,在舱面上走来走去,脑中生了无数的幻象,头一件事就想到慈爱的父母,虽然那温煦的慈颜,时时涌现目前,但是现在也许增了老态。他们看见了八年远游的爱子,不知要怎样的得意喜欢!"娇小的妹妹,当我离家的时候,她送我上船,含泪拉着我的手说了'再见',就伏在母亲怀里哭了,我本来是一点没有留恋的,那时也不禁落了几点的热泪。船开了以后,还看见她和母亲,站在码头上,扬着手巾,过了几分钟,她的影儿,才模模糊糊的看不见了。这件事是我常常想起的,今年她已经——十五——十六了,想是已经长成一个聪明美丽的女郎,我现在回去了,不知她还认得我不呢?——还有几个意气相投的同学小友,现在也不知道他们都建树了什么事业?"

他脑中的幻象,顷刻万变,直到明月走到天中,舱面上玩月的旅客,都散尽了。他也觉得海风锐利,不可少留,才慢慢的下来,回到自己房里,去做那"祖国庄严"的梦。

两个礼拜以后,英士提着两个皮包,一步一步的向着家门走着,淡烟暮霭里,看见他家墙内几株柳树后的白石楼屋,从绿色的窗帘里,隐隐的透出灯光,好像有人影在窗前摇漾。他不禁乐极,又有一点心怯!走近门口,按一按门铃,有一个不相识的仆人,走出来开了门,上下打量了英士一番,要问又不敢问。英士不禁失笑,这时有一个老妈子从里面走了出来,看见英士,便走近前来,喜得眉开眼笑道:"这不是大少爷么？"英士认出她是妹妹芳士的奶娘，也喜欢的了不得；便道："原来是吴妈，老爷太太都在家么？"一面便将皮包递与仆人，一同走了进去，吴妈道："老爷太太都在楼上呢，盼得眼都花了。"英士笑了一笑，便问道："芳姑娘呢？"吴妈道："芳姑娘还在学堂里，听说她们今天赛网球，所以回来得晚些。"一面说着便上了楼，朱衡和他的夫人，都站在梯口，英士上前鞠了躬，彼此都喜欢得不知说什么好。进到屋里，一同坐下，吴妈打上洗脸水，便在一旁看着，夫人道："英士！你是几时动身的，怎么也不告诉一声儿，芳士还想写信去问。"英士一面洗脸，一面笑道："我完了事，立刻就回来，用不着写信。就是写信，我也是和信同时到的。"朱衡问道："我那几位朋友都好么？"英士说："都好，吴先生和李先生还送我上了船，他叫我替他们问你二位老人家好。他们还说请父亲过年到美国去游历，他们都很想望父亲的风采。"朱衡笑了一笑。

这时吴妈笑着对夫人说："太太！看英哥去了这几年，比老爷还高了，真是长的快。"夫人也笑着望着英士。英士笑道："我和美国的同学比起来，还不算是很高的。"

仆人上来问道："晚饭的时候到了，等不等芳姑？"吴妈说："不必等了，少爷还没有吃饭呢！"说着他们便一齐下楼去，吃过了饭，就在对面客室里，谈些别后数年来的事情。

英士便问父亲道："现在国内的事情怎么样呢？"朱衡笑了一笑，道："你看报纸就知道了。"英士又道："关于铁路的事业，是不是积极进行呢？"朱衡说："没有款项，拿什么去进行！现在国库空虚如洗，动不动就是借款。南北两方，言战的时候，金钱都用在硝烟弹雨里，言和的时候，又全用在应酬疏通里，花钱如同流水一般，哪里还有工夫去论路政？"英士呆了一呆，说："别的事业呢？"朱衡道："自

然也都如此了！"夫人笑对英士说："你何必如此着急？有了才学，不怕无事可做，政府里虽然现在是穷得很，总不至于长久如此的，况且现在工商界上，也有许多可做的事业，不是一定只看着政府……"英士口里答应着，心中却有一点失望，便又谈到别的事情上去。

这时听得外面院子里，有说笑的声音。夫人望了一望窗外，便道："芳士回来了！"英士便站起来，要走出去，芳士已经到了客室的门口，刚掀开帘子，猛然看见英士，觉得眼生，又要缩回去，夫人笑着唤道："芳士！你哥哥回来了。"芳士才笑着进来，和英士点一点头，似乎有一点不好意思，便走近母亲身旁。英士看见他妹妹手里拿着一个球拍，脚下穿着白帆布的橡皮底球鞋，身上是白衣青裙，打扮的非常素淡，精神却非常活泼，并且儿时的面庞，还可以依稀认出。便笑着问道："妹妹！你们今天赛球么？"芳士道："是的。"回头又对夫人说："妈妈！今天还是我们这边胜了，他们说明天还要决最后的胜负呢！"朱衡笑道："是了！成天里只玩球，你哥哥回来，你又有了球伴了。"芳士说："哥哥也会打球么？"英士说："我打的不好。"芳士道："不要紧的，天还没有大黑，我们等一会儿再打球去。"说着，他兄妹两人，果然同向球场去了。屋里只剩了朱衡和夫人。

夫人笑道："英士刚从外国回来，兴兴头头的，你何必尽说那些败兴的话，我看他似乎有一点失望。"朱衡道："这些都是实话，他以后都要知道的，何必瞒他呢？"夫人道："我看你近来的言论和思想，都非常的悲观。和从前大不相同，这是什么缘故呢？"

这时朱衡忽然站起来，在屋里走了几转，叹了一口气，对夫人说："自从我十八岁父亲死了以后，我便入了当时所叫作'同盟会'的。成天里废寝忘食，奔走国事，我父亲遗下的数十万家财，被我花去大半。

乡里戚党，都把我看作败子狂徒，又加以我也在通缉之列，都不敢理我了，其实我也更不理他们。二十年之中，足迹遍天涯，也结识了不少的人，无论是中外的革命志士，我们都是一见如故，'剑外惟余肝胆在，镜中应诧头颅好'，便是我当日的写照了。……"

夫人忽然笑道："我还记得从前有一个我父亲的朋友，对我父亲说，'朱衡这个孩子，闹的太不像样了，现在到处都挂着他的相片，缉捕得很紧，拿着了就地正法，你的千金终于是要吃苦的。'便劝我父亲解除了这婚约，以后也不知为何便没有实现。"

朱衡笑道："我当日满心是'匈奴未灭何以家为'的热气，倒是很愿意解约的。不过你父亲还看得起我，不肯照办就是了。"

朱衡又坐下，端起茶杯来，喝了一口茶，点上雪茄，又说道："当时真是可以当得'热狂'两个字，整年整月的，只在刀俎网罗里转来转去，有好几回都是已濒于危。就如那次广州起事，我还是得了朋友的密电，从日本赶回来的，又从上海带了一箱的炸弹，雍容谈笑的进了广州城。同志都会了面，起事那一天的早晨，我们都聚在一起，预备出发，我结束好了，端起酒杯来，心中一阵一阵的如同潮卷，也不是悲惨，也不是快乐。大家似笑非笑的都照了杯，握了握手，慷慨激昂的便一队一队的出发了。"

朱衡说到这里，声音很颤动，脸上渐渐的红起来，目光流动，少年时候的热血，又在他心中怒沸了。

他接着又说："那天的光景，也记不清了，当时目中耳中，只觉得枪声刀影，血肉横飞。到了晚上，一百多人雨打落花似的，死的死，走的走，拿的拿，都散尽了。我一身的腥血，一口气跑到一个僻静的地方，将带去的衣服换上了，在荒草地里，睡了一觉。第二天一清早，又进城里，还遇见几个同志，都改了装，彼此只惨笑着打个照会，以后在我离开广州以先，我去到黄花岗上，和我的几十位同志，洒泪而别。咳！'战场白骨艳于花'，他们为国而死，是有光荣的，只可怜大事未成，吾党少年，又弱几个了。——还有那一次奉天汉阳的事情，都是你所知道的。当时那样蹈汤火，冒白刃，今日海角，明日天涯，不过都当他是做了几场噩梦。现在追想起来，真是叫人啼笑不得，这才是'始而拍案，继而抚髀，终而揽镜'了。"说到这里，不知不觉的，便流下两行热泪来。

夫人笑说："那又何苦。横竖共和已经造成了，功成身隐，全始全终的，又有什么缺憾呢？"

朱衡猛然站起来说："要不是造成这样的共和，我还不至于这样的悲愤。只可惜我们洒了许多热血，抛了许多头颅，只换得一个匾额，当年的辛苦，都成了虚空。数千百的同志，都做了冤鬼。咳！那一年袁皇帝的刺客来见我的时候，我后悔不曾出去迎接他……"夫人道："你说话的终结，就是这一句，真是没有意思！"

朱衡道："我本来不说，都是你提起英士的事情来，我才说的。英士年纪轻，阅历浅，又是新从外国回来，不知道这一切的景况，我想他那雄心壮志，终久要受打击的。"

夫人道："虽然如此，你也应该替他打算。"

朱衡道："这个自然，现在北京政界里头的人，还有几个和我有交情可以说话的，但是只怕支俸不做事，不合英士的心……"

这时英士和芳士一面说笑着走了进来，他们父子母女又在一起，说着闲话，直到夜深。

第二天早晨，英士起的很早。看了一会子的报，心中觉得不很痛快；芳士又上学去了，家里甚是寂静。英士便出去拜访朋友，他的几个朋友都星散了，只见着两个：一位是县里小学校的教员，一位是做报馆里的访事，他们见了英士，都不像从前那样的豪爽，只客客气气的谈话，又恭维了英士一番。英士觉着听不入耳，便问到他们所做的事业，他们只叹气说："哪里是什么事业，不过都是'饭碗主义'罢了，有什么建设可言呢？"随后又谈到国事，他们更是十分的感慨，便一五一十的将历年来国中情形都告诉了。英士听了，背上如同浇了一盆冷水，便也无话可说，坐了一会，就告辞回来。

回到家里，朱衡正坐在写字台边写着信。夫人坐在一边看书，英士便和母亲谈话。一会子朱衡写完了信，递给英士说："你说要到北京去，把我这封信带去，或者就可以得个位置。"夫人便跟着说道："你刚回来，也须休息休息，过两天再去罢。"英士答应了，便回到自己卧室，将那信放在皮包里，凭在窗前，看着楼下园子里的景物，一面将回国后所得的印象，翻来覆去的思想，心中觉得十分的抑郁。想到今年春天在美国的时候，有一个机器厂的主人，请他在厂里作事，薪水很是丰厚，他心中觉得游移不决；因为他自己新发明了一件机器，已经画出图样来，还没有从事制造，若是在厂里做事，正是一个制造的好机会。但是那时他还没有毕业，又想毕业以后赶紧回国，不愿将历年所学的替别国效力，因此便极力的推辞。那厂主还留恋不舍的说："你回国以后，如不能有什么好机会，还请到我们这里来。"英士姑且答应着，以后也就置之度外了。这时他想："如果国内真个没有什么可做的，何不仍去美国，一面把那机器制成了，岂不是完了一个心愿。"忽然又转念说："怪不得人说留学生一回了国，便无志了。我回来才有几时，社会里的一切状况，还没有细细的观察，便又起了这去国的念头。总是我自己没

有一点毅力，所以不能忍耐，我如再到美国，也叫别人笑话我，不如明日就到北京，看看光景再说罢。"

这时芳士放学回来，正走到院子里，抬头看见哥哥独自站在窗口出神，便笑道，"哥哥今天没有出门么？"英士猛然听见了，也便笑道，"我早晨出门已经回来了，你今日为何回来的早？"芳士说，"今天是礼拜六，我们照例是放半天学。哥哥如没有事，请下来替我讲一段英文。"英士便走下楼去。

第二天的晚车，英士便上北京了，火车风驰电掣的走着，他还嫌慢，恨不得一时就到！无聊时只凭在窗口，观看景物。只觉过了长江以北，气候渐渐的冷起来，大风扬尘，惊沙扑面，草木也渐渐的黄起来，人民的口音也渐渐的改变了。还有两件事，使英士心中可笑又可怜的，就是北方的乡民，脑后大半都垂着发辫。每到火车停的时候，更有那无数的叫化子，向人哀哀求乞，直到开车之后，才渐渐的听不见他们的悲声。

英士到了北京，便带着他父亲的信去见某总长，去了两次，都没有见着。去的太早了，他还没有起床，太晚了又碰着他出门了，到了第三回，才出来接见，英士将那一封信呈上，他看完了先问："尊大人现在都好么？我们是好久没有见面了。"接着便道："现在部里人浮于事，我手里的名条还有几百，实在是难以安插。外人不知道这些苦处，还说我不照顾戚友，真是太难了。但我与尊大人的交情，不比别人，你既是远道而来，自然应该极力设法，请稍等两天，一定有个回信。"

英士正要同他说自己要想做点实事，不愿意得虚职的话，他接着说："我现在还要上国务院，少陪了。"便站了起来，英士也只得起身告辞。一个礼拜以后，还没有回信，英士十分着急，又不便去催。又过了五天。便接到一张委任状，将他补了技正。英士想技正这个名目，必是有事可做的，自己甚是喜欢，第二天上午，就去部里到差。

这时钟正八点。英士走进部里，偌大的衙门，还静悄悄的没有一个办公的人员，他真是纳闷，也只得在技正室里坐着，一会儿又站起来，在屋里走来走去。过了十点钟，才陆陆续续的又来了几个技正，其中还有两位是英士在美国时候的同学，彼此见面都很喜欢。未曾相识的，也介绍着都见过了，便坐下谈起话来。英士看表已经十点半，便道："我不耽搁你们的时候了，你们快办公事罢！"他们都笑了道："这便是公事了。"英士很觉得怪讶，问起来才晓得技正原来是个闲员，无事可做，技正室便是他们的谈话室，乐意的时候来画了到，便在一处闲谈，消磨光阴；否则有时不来也不要紧的。英士道："难道国家白出薪俸，供养我们这般留学生？"他们叹气说："哪里是我们愿意这样。无奈衙门里实在无事可做，有这个位置还算是好的，别的同学也有做差遣员的，职位又低，薪水更薄，那没有人情的，便都在裁撤之内了。"英士道："也是你们愿意株守，为何不出去自己做些事业？"他们惨笑说："不用提了，起先我们几个人，原是想办一个工厂。不但可以振兴实业，也可以救济贫民。但是办工厂先要有资本，我们都是妙手空空，所以虽然章程已经订出。一切的设备，也都安排妥当，只是这股本却是集不起来，过了些日子，便也作为罢论了。"这一场的谈话，把英士满心的高兴完全打消了，时候到了，只得无精打采的出来。

英士的同学同事们，都住在一个公寓里，英士便也搬进公寓里面去。成天里早晨去到技正室，谈了一天的话，晚上回来，同学便都出去游玩，直到夜里一两点钟，他们才陆陆续续的回来。有时他们便在公寓里打牌闹酒，都成了习惯，支了薪水，都消耗在饮博闲玩里。英士回国的日子尚浅，还不曾沾染这种恶习，只自己在屋里灯下独坐看书阅报，

却也觉得凄寂不堪。有时睡梦中醒来，只听得他们猜拳行令，喝雉呼卢，不禁悲从中来。然而英士总不能规劝他们，因为每一提及，他们更说出好些牢骚的话。以后英士便也有时出去疏散，晚凉的时候，到中央公园茶桌上闲坐，或是在树底下看书，礼拜日便带了照相匣独自骑着驴子出城，去看玩各处的名胜，照了不少的风景片，寄与芳士。有时也在技正室里，翻译些外国杂志上的文章，向报馆投稿去，此外就无事可干了。

有一天，一个同学悄悄的对英士说，"你知道我们的总长要更换了么？"英士说，"我不知道，但是更换总长，与我们有什么相干？"同学笑道："你为何这样不明白世故，衙门里头，每换一个新总长，就有一番的更动。我们的位置，恐怕不牢，你自己快设法运动罢。"英士微微的笑了一笑，也不说甚么。

那夜正是正月十五，公寓里的人，都出去看热闹，只剩下英士一人，守着寂寞的良宵，心绪如潮。他想，"回国半年以后，差不多的事情，我都已经明白了，但是我还流连不舍的不忍离去，因为我八年的盼望，总不甘心落下这样的结果，还是盼着万一有事可为。半年之中，百般忍耐，不肯随波逐流，卷入这恶社会的旋涡里去。不想如今却要把真才实学，撇在一边，拿着昂藏七尺之躯，去学那奴颜婢膝的行为，壮志雄心，消磨殆尽。咳！我何不幸是一个中国的少年，又何不幸生在今日的中国……"他想到这里，神经几乎错乱起来，便回头走到炉边，拉过一张椅子坐下，凝神望着炉火。看着他从炽红渐渐的昏暗下去，又渐渐的成了死灰。这时英士心头冰冷，只扶着头坐着，看着炉火，动也不动。

忽然听见外面敲门，英士站起来，开了门，接进一封信来。灯下拆开一看，原来是芳士的信，说她今年春季卒业，父亲想送她到美国去留学，又说了许多高兴的话。信内还夹着一封美国工厂的来信，仍是请他去到美国，并说如蒙允诺，请他立刻首途等等，他看完了，呆立了半天，忽然咬着牙说："去罢！不如先去到美国，把那件机器做成了，也正好和芳士同行。只是……可怜呵！我的初志，决不是如此的，祖国呵！不是我英士弃绝了你，乃是你弃绝了我英士啊！"这时英士虽是已经下了这去国的决心，那眼泪却如同断线的珍珠一般滚了下来。耳边还隐隐的听见街上的笙歌阵阵，满天的爆竹声声，点缀这太平新岁。

第二天英士便将辞职的呈文递上了，总长因为自己也快要去职，便不十分挽留，当天的晚车，英士辞了同伴，就出京去了。

到家的时候，树梢雪压，窗户里仍旧透出灯光，还听得琴韵铮铮。英士心中的苦乐，却和前一次回家大不相同了。走上楼去，朱衡和夫人正在炉边坐着，寂寂无声的下着棋，芳士却在窗前弹琴。看见英士走了上来，都很奇怪。英士也没说什么，见过了父母，便对芳士说："妹妹！我特意回来，要送你到美国去。"芳士喜道："哥哥！是真的么？"英士点一点头。夫人道："你为何又想去到美国？"英士说："一切的事情，我都明白了，在国内株守，太没有意思了。"朱衡看着夫人微微的笑了一笑。英士又说："前天我将辞职呈文递上了，当天就出京的，因为我想与其在国内消磨了这少年的光阴，沾染这恶社会的习气，久而久之，恐怕就不可救药。不如先去到外国，做一点实事，并且可以照应妹妹，等到她毕业了，我们再一同回来，岂不是一举两得？"朱衡点一点首说："你送妹妹去也好，省得我自己又走一遭。"芳士十分的喜欢道："我正愁父亲虽然送我去，却不能长在那里，没有亲人照看着，我难免要想家的，这样是最好不过的了！"

太平洋浩浩无边的水，和天上明明的月，还是和去年一样。英士凭在栏杆上，心中起了无限的感慨。芳士正在那边和同船的女伴谈笑，回头看见英士凝神望远,似乎起了什么感触,便走过来笑着唤道:"哥哥!你今晚为何这样的怅怅不乐?"英士慢慢的回过头来,微微笑说:"我倒没有什么不乐,不过今年又过太平洋,却是我万想不到的。"芳士笑道,"我自少就盼着什么时候,我能像哥哥那样'扁舟横渡太平洋',那时我才得意喜欢呢,今天果然遇见这光景了。我想等我学成归国的时候,一定有可以贡献的,也不枉我自己切望了一场。"这时英士却拿着悲凉恳切的目光,看着芳士说:"妹妹!我盼望等你回去时候的那个中国,不是我现在所遇见的这个中国,那就好了!"

美文赏析 MeiwenShangxi

《去国》讲述的是留学归国的英士希望在祖国大展抱负而不得,最终选择去国的故事。

在这篇小说中,作者塑造了一位理想破灭的青年形象,并以点带面道出了一代青年的苦闷。学成归国的英士怀揣着建设新生国家的愿望,在归国的船上发出"我何幸是一个少年,又何幸生在少年的中国"的感慨——归国的英士的内心被"快乐和希望"充满。然而归国之后,在与父亲的谈话中,他了解到社会在党派与军阀的斗争中停滞不前的状况,心中不禁生出一丝失落。而昔日友人在社会现实的逼迫下奉守"饭碗主义"的死气沉沉的生活,更是使他备受打击。

虽然如此,但英士内心仍怀有希望,他决心到北京一探社会的究竟。在父亲的帮助下,他谋得了"技正"的职位。本以为可以有一番作为,但现实再次打击了他,"技正"依然是一个无所事事的闲职。曾经热衷实业救国的青年,在这里耗费着自己的青春,并染上了赌博酗酒的恶习。英士不愿变成他们那样,但是能做的也只是"翻译些外国杂志上的文章,向报馆投稿去"。社会现实浇灭了英士内心的希望之火,在正月十五之夜,他不禁发出"我何不幸是一个中国的少年,又何不幸生在今日的中国"的喟叹。而那炽热的炉火渐渐冷淡下去,最终成为死灰,不正是英士对祖国绝望的象征吗?

英士只想做一些实事,然而现实却要让他做一个"株守"的人。他不愿就此消沉下去,便接受了美国工厂的邀请,以护送妹妹出国留学为名,再次"去国"。而他最后听到妹妹那激动且充满期待的话语时所发出的感慨,既有深深的失望,又有无限的期盼,可谓五味杂陈。

在这篇小说中,作者通过英士的三次感慨,以对比的手法将他从满怀希望到最终绝望的心理变化过程鲜明地展现出来,给人以强烈的冲击,使人深刻地体会到死气沉沉的社会对青年的扼杀。然而,作者毕竟给了我们希望,因为灰心丧志的英士并没有如同他父亲那样消极避世,而是依然想要有所作为,这或许便是作者对青年所抱有的希望与期盼吧。

● 好词好句

乘风破浪　置之度外　眉开眼笑　废寝忘食　一见如故
风驰电掣　雄心壮志　游移不决　人浮于事　悲从中来
随波逐流　奴颜婢膝

● 延伸思考

通过这篇小说,说一说当时青年人是什么样的精神状态。

庄鸿的姊姊

我和弟弟对坐在炉旁的小圆桌旁边，桌上摆着一大盘的果子和糕点。盘子中间放着一个大木瓜，香气很浓。四壁的梅花瘦影，交互横斜。炉火熊熊。灯光灿然。这屋里寂静已极。弟弟一边剥着栗子皮，一边和我谈到别后半年的事情。

他在唐山工业学校肄业，离家很远，只有年假暑假，我们才能聚首，所以我们见面加倍的喜欢亲密。这天晚上，母亲和两个小弟弟，到舅母家去，他却要在家里和我做伴。这时弟弟笑问道："姊姊！我听见二弟说，你近来做了几篇小说，可否让我看看？"我说："稿子都撕去了，但是二弟曾从报纸上裁下我的小说来留着，我去找一找看。"一面便去找了来递给他。他接过来便一篇一篇的往下看，我自己又慢慢的坐下。

忽然弟弟抬起头来，四下里看了一看，笑对我说："我们现在又走到小说里去了。这屋里的光景，和你做的那一篇《秋雨秋风愁煞人》头一段的光景，是一样的，不过窗外没有秋风秋雨，窗内却添了炉火，桂花也换了梅花了。"我也笑道："窗外还有一件美景，是这篇小说里所没有的。"他便走到窗下，掀起窗帘看了一看，回头笑说："是不是庭院里的玉树琼枝？"我道："是了。"弟弟又挨次将小说看完了，便说："倒也有点意思。"我笑了一笑说："这不过是我闷来借此消遣就是了，我哪里配做小说？"弟弟说："你现在有工夫为什么不做？"我一面站起来一面笑道:"年假里也应该休息休息,而且你回来了,我们一块儿谈话游玩,何等热闹,更不愿意……"

这时候仆人进来,递给弟弟一张名片。弟弟看了便说:"恐怕客厅里炉火已经灭了,请他到这屋里坐罢。"仆人答应着出去了,弟弟回头对我说:"庄鸿是我的一个好朋友,他别号叫作秋鸿,品学都很好的,我最喜欢和他谈话。但不知道他有什么要紧的事情,今天夜里来找我!"正说着庄鸿已经跟着仆人进来,灯光之下,看见他穿着灰色布长袍,手里拿着一顶绒帽子。年纪也和弟弟相仿佛,只有十四五岁光景,态度很是活泼可爱。他和弟弟拉过手,回头看见我,也笑着鞠了一躬。我便让他坐下,又将桌上的报纸收起来,自己走到梅花盆后对着炉火坐着。

弟弟一面端过茶杯,又将果碟推到他面前,一面笑道:"秋鸿!你今天夜里来找我作什么?"秋鸿说:"我在家里闷极了,所以要来和你谈谈。"弟弟说:"在学校里你又盼着回家,回到家你又嫌闷,你看我……"秋鸿接着说:"我哪里比得上你,你又有姊姊,又有弟弟,成天里谈话游玩,自然不觉得寂静。我在家里没有人和我玩,自然是闷的。"弟弟道:"你不是也有一个姊姊么,为什么说没有伴侣?"秋鸿便不言语,过了一会,用很低的声音说:"我姊姊么?我姊姊已经在今年九月里去世了。"

这时我抬起头来,只见秋鸿的眼里,射出莹莹的泪光。弟弟没了主意,便说:"为什么我没有听见你提过?"秋鸿说:"连我都是昨天到家才知道的,我家里的人怕我要难过,信里也不敢提到这事。昨天我到家一进门来,见过了祖母和叔叔,就找姊姊,他们才吞吞吐吐的告诉我说姊姊死了。我听见了,一阵急痛,如同下到昏黑的地狱一般,悲惨之中,却盼望是个梦境,可怜呵!我姊姊真……"说到这里,便咽住了,

只低着头弄那个茶杯,前襟已经湿了一大片。急得弟弟直推他说:"秋鸿!你不要哭了!"底下便不知道说什么好了,只一面拉着他,一面回头看着我。我只得站起来说:"秋鸿!你又何必难过,'人生如影世事如梦',以哲学的眼光看去,早死晚死,都是一样的。"秋鸿哽咽着应了一声,便道:"我姊姊是因着抑郁失意而死的,否则我也不至于这样的难过。自从我四岁的时候,我的父母便都亡过了,只撇下姊姊和我,跟着祖母和叔叔过活。姊姊只比我大两岁,从前也在一个高等小学念书。她们学校里的教员,没有一个不夸她的,都说像她这样的材质,这样的志气,前途是不可限量的。我姊姊也自负不凡,私下里对我说:'我们两个人将来必要做点事业,替社会谋幸福,替祖国争光荣。你不要看我是个女子,我想我将来的成就,未必在你之下。'因此每天我们放学回来,多半在一块研究学问谈论时事。我觉得她不但是我的爱姊,并且是我的畏友。我的学问和志气,可以说都是我姊姊帮助我立好了根基。咳!从前的快乐光阴,现在追想起来,恨不得使它'年光倒流'了。"

这时候他略顿一顿。弟弟说:"秋鸿!你喝一口茶再说。"他端起茶杯来却又放下,接着说:"我叔叔是一个小学校教员,薪水仅供家用。不想自中交票跌落以来,教员的薪水又月月的拖欠,经济上受了大大的损失,便觉得支持不住。家里用的一个仆妇,也辞退了。我的祖母年纪又老,家务没有人帮她料理,便叫我姊姊不必念书去了,一来帮着做点事情,二来也节省下这份学费。我姊姊素来是极肯听话的,并没有说什么。我心里觉得不妥,便对叔叔说:'像我姊姊这样的材质,抛弃了学业,是十分可惜的。若是要节省学费的话,我也可以不去……'叔叔叹一口气方要说话,祖母便接着说:'你姊姊一个姑娘家,要那么大的学问做什么?又不像你们男孩子,将来可以做官,自然必须念书的。

并且家里又实在没有余款,你愿意叫她念书,你去变出钱来。'我那时年纪还小,当下也无言可答,再看我叔叔都没有说什么,我也不必多说了。自那时起,我姊姊便不上学去了,只在家里帮做家事,烧茶弄饭,十分忙碌,将文墨的事情,都撇在一边了。我看她的神情,很带着失望的,但是她从来没有说出。每天我放学回来,她总是笑脸相迎,询问寒暖。晚上我在灯下温课,她也坐在一旁做着活计伴着我。起先她还能指教我一二,以后我的程度又深了些,她便不能帮助我了,只在旁边相伴,看着我用功,似乎很觉得有兴味,也有羡慕的样子。有时我和她谈到祖母所说的话,我说:'为何女子便可以不念书,便不应当要大学问?'姊姊只微笑说:'不必说祖母了,这也是景况所逼。你只盼中交票能以恢复原状,教育费能不拖欠,经济上从容一点,我便可以仍旧上学了。'我姊姊的身子本来生的单弱,加以终日劳碌,未免乏累一点;又因她失了希望,精神上又抑郁一点,我觉得她似乎渐渐的瘦了下去。有时我不忍使她久坐,便劝她早去歇息,不必和我做伴了。她说:'不要紧的,我自己不能享受这学问的乐处,看着别人念书,精神上也觉得愉快的。'又说:'我虽然不能得学问,将来也不能有什么希望,却盼望你能努力前途,克偿素志,也就……'我姊姊说到这里,眼眶里似乎有了泪痕。

"去年我高等小学毕业了,我姊姊便劝我去投考唐山工业专门学校。考取了之后,姊姊十分的喜欢,便对我说:'从今以后,你更应当努力了!'但是唐山学校学费很贵,我想不如我不去了,只在北京的中学肄业,省下一半的学费,叫我姊姊也去求学,岂不是好?便将这意思对家里的人说了,祖母说:'自然是你要紧,并且你姊姊也荒废了好几年了,也念不出什么书来。'姊姊也说:'我近来的脑力体力大不如从前了,恐怕不能再用功,你只管去罢,不必惦念着我了。'我听了这

话，只觉得感激和伤心都到了极处，便含着泪答应了。我想我姊姊牺牲了自己的前途来栽培我，现在我的学业还没有完毕，我的……我姊姊却看不见了。"

我听到这里，心中觉得一阵悲酸。炉火也似乎失了热气。我只寂寂的看着弟弟，弟弟却也寂寂的看着我。

秋鸿又说："去年年假和今年暑假，我回来的时候，总是姊姊先迎出来，那种喜欢温蔼的样子，以及她和我所说的'弟弟！我所最喜欢的就是你每次回来，不但身量高了，而且学问也高了，志气也高了。'这些话，我总不能忘记。她每次给我写信，也都是一篇恳挚慰勉的话。每逢我有什么失意或是精神颓丧的时候，一想起姊姊的话，便觉得如同清晓的霜钟一般，使我惊醒；又如同炉火一般，增加我的热气。但是从今年九月起，便没有得着姊姊的信。我写信问了好几次，我叔叔总说她的事情太忙，或是说她病着，我虽然有一点怪讶，也不想到是有什么意外的事。所以昨天我在火车上，心中非常的快乐，满想着回家又见了我姊姊了，谁知道……今夜我一人坐在灯下，越想越难过。平日这灯下，便是我们的天堂；今日却成了地狱了，没有一个地方一件事情，不是使我触目伤心的。待要痛哭一场，稍泄我心中的悲痛，但恐怕又增加祖母和叔叔的难受，只得走出来疏散。走到街上，路灯明灭，天冷人静，我似乎无家可归了，忽然想起你来，所以就来找你谈话，却打搅了你们姊弟怡怡的乐境，只请你原谅罢。"这时秋鸿也说不出话来，弟弟连忙说："得了！你歇一歇罢。"秋鸿还断断续续的说道："我不明白为什么中交票要跌落？教育费为什么要拖欠？女子为什么就不必受教育？"

忽然听得外面敲门的声音，弟弟对我说："一定是妈妈回来了。"秋鸿连忙站起来对弟弟说："我走了。"弟弟说："你快擦干了眼泪罢。"他一面擦了擦眼睛,一面和我鞠躬"再见",便拉着弟弟的手跑了出去。我仍旧坐下,拿着铁钩拨着炉灰,心里想着秋鸿最后所说的三个问题,不禁起了无限的感慨。母亲和几个弟弟一同走了进来,我也没有看见。只听得二弟问道:"哥哥!姊姊一个人坐在那里做什么?"弟弟笑说:"姊姊又在那里想做小说了。"

美文赏析

在这篇小说中,作者通过庄鸿之口,为我们塑造了一位有才气、有志气却最终被社会偏见毁掉的女青年形象。通过庄鸿的描述,我们了解到他的姊姊是一位身负才华且立志如男子一样做出一番事业的女青年,然而她依然没有逃脱社会传统的压迫。在男尊女卑的传统观念下,她不得不屈服于自己的女子身份,放弃了接受教育的权利,最终抑郁不得志而身故。作者通过这篇小说,揭露了社会中的女性问题,并通过庄鸿最后发出的三个问题,引发人们的思考。然而,作者也是有局限性的,她虽然敏锐地指出了这一问题,却没能找到解决问题的方法,只能如同弟弟所说的,创作小说将其加以披露。

● **好词好句**

玉树琼枝　消遣　吞吞吐吐　哽咽　惦念　颓丧

● **延伸思考**

想一想,造成庄鸿的姊姊死亡悲剧的原因有哪些。

超人

何彬是一个冷心肠的青年,从来没有人看见他和人有什么来往。他住的那一座大楼上,同居的人很多,他却都不理人家,也不和人家在一间食堂里吃饭,偶然出入遇见了,轻易也不招呼。邮差来的时候,许多青年欢喜跳跃着去接他们的信,何彬却永远得不着一封信。他除了每天在局里办事,和同事们说几句公事上的话;以及房东程姥姥替他端饭的时候,也说几句照例的应酬话,此外就不开口了。

他不但是和人没有交际,凡带一点生气的东西,他都不爱;屋里连一朵花,一根草,都没有,冷阴阴的如同山洞一般。书架上却堆满了书。他从局里低头独步的回来,关上门,摘下帽子,便坐在书桌旁边,随手拿起一本书来,无意识的看着,偶然觉得疲倦了,也站起来在屋里走了几转,或是拉开帘幕望了一望,但不多一会儿,便又闭上了。

程姥姥总算是他另眼看待的一个人;她端进饭去,有时便站在一边,絮絮叨叨的和他说话,也问他为何这样孤零。她问上几十句,何彬偶然答应几句话:"世界是虚空的,人生是无意识的。人和人,和宇宙,和万物的聚合,都不过如同演剧一般:上了台是父子母女,亲密的了不得;下了台,摘下假面具,便各自散了。哭一场也是这么一回事,笑一场也是这么一回事,与其互相牵连,不如互相遗弃;而且尼采说得好,爱和怜悯都是恶……"程姥姥听着虽然不很明白,却也懂得一半,便笑道："要这样，活在世上有什么意思？死了，灭了，岂不更好，何必穿衣吃饭？"他微笑道："这样，岂不又太把自己和世界都看重了。不如行云流水似的，随他去就完了。"程姥姥还要往下说话，看见何彬面色冷然，低着头只管吃饭，也便不敢言语。

这一夜他忽然醒了。听得对面楼下凄惨的呻吟着，这痛苦的声音，断断续续的，在这沉寂的黑夜里只管颤动。他虽然毫不动心，却也搅得他一夜睡不着。月光如水，从窗纱外泻将进来，他想起了许多幼年的事情，——慈爱的母亲，天上的繁星，院子里的花……他的脑子累极了，极力的想摈绝这些思想，无奈这些事只管奔凑了来，直到天明，才微微的合一合眼。

他听了三夜的呻吟，看了三夜的月，想了三夜的往事——

眠食都失了次序，眼圈儿也黑了，脸色也惨白了。偶然照了照镜子，自己也微微的吃了一惊，他每天还是机械似的做他的事——然而在他空洞洞的脑子里，凭空添了一个深夜的病人。

第七天早起，他忽然问程姥姥对面楼下的病人是谁？程姥姥一面惊讶着，一面说："那是厨房里跑街的孩子禄儿，那天上街去了，不知道为什么把腿摔坏了，自己买块膏药贴上了，还是不好，每夜呻吟的就是他。这孩子真可怜，今年才十二岁呢，素日他勤勤恳恳极疼人的……"何彬自己只管穿衣戴帽，好像没有听见似的，自己走到门边。程姥姥也住了口，端起碗来，刚要出门，何彬慢慢的从袋里拿出一张钞票来，递给程姥姥说："给那禄儿罢，叫他请大夫治一治。"说完了，头也不回，径自走了。——程姥姥一看那巨大的数目，不禁愕然，何先生也会动起慈悲念头来，这是破天荒的事情呵！她端着碗，站在门口，只管出神。

呻吟的声音，渐渐的轻了，月儿也渐渐的缺了。何彬还是朦朦胧胧

的——慈爱的母亲，天上的繁星，院子里的花……他的脑子累极了，竭力的想摈绝这些思想，无奈这些事只管奔凑了来。

过了几天，呻吟的声音住了，夜色依旧沉寂着，何彬依旧"至人无梦"的睡着。前几夜的思想，不过如同晓月的微光，照在冰山的峰尖上，一会儿就过去了。

程姥姥带着禄儿几次来叩他的门，要跟他道谢；他好像忘记了似的，冷冷的抬起头来看了一看，又摇了摇头，仍去看他的书。禄儿仰着黑胖的脸，在门外张着，几乎要哭了出来。

这一天晚饭的时候，何彬告诉程姥姥说他要调到别的局里去了，后天早晨便要起身，请她将房租饭钱，都清算一下。程姥姥觉得很失意，这样清净的住客，是少有的，然而究竟留他不得，便连忙和他道喜。他略略的点一点头，便回身去收拾他的书籍。

他觉得很疲倦，一会儿便睡下了。——忽然听得自己的门钮动了几下，接着又听见似乎有人用手推的样子。他不言不动，只静静的卧着，一会儿也便渺无声息。

第二天他自己又关着门忙了一天，程姥姥要帮助他，他也不肯，只说有事的时候再烦她。程姥姥下楼之后，他忽然想起一件事来，绳子忘了买了。慢慢的开了门，只见人影儿一闪，再看时，禄儿在对面门后藏着呢。他踌躇着四围看了一看，一个仆人都没有，便唤："禄儿，你替我买几根绳子来。" 禄儿趑趄的走过来，欢天喜地的接了钱，如飞走下楼去。

不一会儿，禄儿跑的通红的脸，喘息着走上来，一只手拿着绳子，一只手背在身后，微微露着一两点金黄色的星儿。他递过了绳子，仰着头似乎要说话，那只手也渐渐的回过来。 何彬却不理会，拿着绳子自己走进去了。

他忙着都收拾好了,握着手周围看了看,屋子空洞洞的——睡下的时候,他觉得热极了,便又起来,将窗户和门,都开了一缝,凉风来回的吹着。

"依旧热得很。脑筋似乎很杂乱,屋子似乎太空沉。——累了两天了,起居上自然有些反常。但是为何又想起深夜的病人。——慈爱的……,不想了,烦闷的很!"

微微的风,吹扬着他额前的短发,吹干了他头上的汗珠,也渐渐的将他扇进梦里去。

四面的白壁,一天的微光,屋角几堆的黑影。时间一分一分的过去了。

慈爱的母亲,满天的繁星,院子里的花。不想了,——烦闷……闷……

黑影漫上屋顶去,什么都看不见了,时间一分一分的过去了。

风大了,那壁厢放起光明。繁星历乱的飞舞进来。星光中间,缓缓的走进一个白衣的妇女,右手撩着裙子,左手按着额前。走近了,清香随将过来;渐渐的俯下身来看着,静穆不动的看着,——目光里充满了爱。

神经一时都麻木了!起来罢,不能,这是摇篮里,呀!母亲,——慈爱的母亲。

母亲呵!我要起来坐在你的怀里,你抱我起来坐在你的怀里。

母亲呵!我们只是互相牵连,永远不互相遗弃。

渐渐的向后退了,目光仍旧充满了爱。模糊了,星落如雨,横飞着都聚到屋角的黑影上。——

"母亲呵,别走,别走!……"

十几年来隐藏起来的爱的神情,又呈露在何彬的脸上;十几年来不

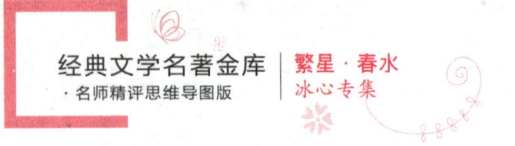

见点滴的泪儿，也珍珠般散落了下来。

清香还在，白衣的人儿还在。微微的睁开眼，四面的白壁，一天的微光，屋角的几堆黑影上，送过清香来。——刚动了一动，忽然觉得有一个小人儿，蹑手蹑脚的走了出去，临到门口，还回过小脸儿来，望了一望。他是深夜的病人——是禄儿。

何彬竭力的坐起来。那边捆好了的书籍上面，放着一篮金黄色的花儿。他穿着单衣走了过去，花篮底下还压着一张纸，上面大字纵横，借着微光看时，上面是：

我也不知道怎样可以报先生的恩德。我在先生门口看了几次，桌子上都没有摆着花儿。——这里有的是卖花的，不知道先生看见过没有？——这篮子里的花，我也不知道是什么名字，是我自己种的，倒是香得很，我最爱它。我想先生也必是爱它。我早就要送给先生了。但是总没有机会。昨天听见先生要走了，所以赶紧送来。

我想先生一定是不要的。然而我有一个母亲，她因为爱我的缘故，也很感激先生。先生有母亲么？她一定是爱先生的。这样我的母亲和先生的母亲是好朋友了。所以先生必要收母亲的朋友的儿子的东西。

禄儿叩上

何彬看完了，捧着花儿，回到床前，什么定力都尽了，不禁呜呜咽咽的痛哭起来。清香还在，母亲走了！窗内窗外，互相辉映的，只有月光，星光，泪光。

早晨程姥姥进来的时候，只见何彬都穿着好了，帽儿戴得很低，背着脸站在窗前。程姥姥陪笑着问他用不用点心，他摇了摇头。——车也来了，箱子也都搬下去了，何彬泪痕满面，静默无声的谢了谢程姥姥，提着一篮的花儿，遂从此上车走了。禄儿站在程姥姥的旁边，两个人的脸上，都堆着惊讶的颜色。看着车尘远了，程姥姥才回头对禄儿说："你去把那间空屋子收拾收拾，再锁上门罢，钥匙在门上呢。"

屋里空洞洞的，床上却放着一张纸，写着：

小朋友禄儿：

我先要深深的向你谢罪，我的恩德，就是我的罪恶。你说你要报答我，我还不知道我应当怎样的报答你呢！

你深夜的呻吟，使我想起了许多的往事。头一件就是我的母亲，她的爱可以使我止水似的感情，重要荡漾起来。我这十几年来，错认了世界是虚空的，人生是无意识的，爱和怜悯都是恶德。我给你那医药费，里面不含着丝毫的爱和怜悯，不过是拒绝你的呻吟，拒绝我的母亲，拒绝了宇宙和人生，拒绝了爱和怜悯。上帝呵！这是什么念头呵！

我再深深的感谢你从天真里指示我的那几句话。小朋友呵！不错的，世界上的母亲和母亲都是好朋友，世界上的儿子和儿子也都是好朋友，都是互相牵连，不是互相遗弃的。

你送给我那一篮花之先，我母亲已经先来了。她带了你的爱来感动我。我必不忘记你的花和你的爱，也请你不要忘了，你的花和你的爱，是借着你朋友的母亲带了来的！

我是冒罪走过的，我是空无所有的，更没有东西配送给你。——然而这时伴着我的，却有悔罪的泪光，半弦的月光，灿烂的星光。宇宙间只有它们是纯洁无疵的。我要用一缕柔丝，将泪珠儿穿起，系在弦月的两端，摘下满天的星儿来盛在弦月的圆凹里，不也是一篮金黄色的花儿么？它的香气，就是悔罪的人呼吁的言词，请你收了罢。只有这一篮花配送给你！

天已明了，我要走了。没有别的话说了，我只感谢你，小朋友，再

见！再见！世界上的儿子和儿子都是好朋友，我们永远是牵连着呵！

何彬草

用不着都慌得，因为你懂得的，比我多得多了！又及。

"他送给我的那一篮花儿呢？"禄儿仰着黑胖的脸儿，呆呆的望着天上。

美文赏析 MeiwenShangxi

《超人》是作者在五四时期创作的一篇问题小说，在小说中，作者塑造了一位"冷心肠"的何彬先生。他找不到人生的方向，觉得人生毫无意义，于是便以"超人"的冷酷面目对待世界。然而，他毕竟不是"超人"，他的内心深藏着爱的种子，因此当他听到禄儿的呻吟声时，便激起了对母爱的回忆与眷恋。母爱的温暖融化了何彬内心的坚冰，使他明白了自己之前认为世界是虚无、无意义的错误，从而向禄儿真诚地道歉，将自己心中的爱流露了出来。作者通过刻画何彬这一"超人"角色，展示了青年的苦闷与彷徨，表露了自己对青年的担忧；通过何彬的转变，作者向青年展示了爱的力量，为青年指出了一条解决问题的出路，而这也是这篇小说的成功之处。

● **好词好句**

絮絮叨叨　行云流水　断断续续　踌躇　趔趄

● **延伸思考**

想一想，作者为什么反复书写何彬听到呻吟声后脑中出现的意象。

分

一个巨灵之掌，将我从忧闷痛楚的密网中打破了出来，我呱的哭出了第一声悲哀的哭。

睁开眼，我的一只腿仍在那巨灵的掌中倒提着，我看见自己的红到玲珑的两只小手，在我头上的空中摇舞着。

另一个巨灵之掌轻轻的托住我的腰，他笑着回头，向仰卧在白色床车上的一个女人说："大喜呵，好一个胖小子！"一面轻轻的放我在一个铺着白布的小筐里。

我挣扎着向外看：看见许多白衣白帽的护士乱哄哄的，无声的围住那个女人。她苍白着脸，脸上满了汗。她微呻着，仿佛刚从噩梦中醒来。眼皮红肿着，眼睛失神的半开着。她听见了医生的话，眼珠一转，眼泪涌了出来。放下一百个心似的，疲乏的微笑的闭上眼睛，嘴里说："真辛苦了你们了！"

我便大哭起来："母亲呀，辛苦的是我们呀，我们刚才都从死中挣扎出来的呀！"

白衣的护士们乱哄哄的，无声的将母亲的床车推了出去。我也被举了起来，出到门外。医生一招手，甬道的那端，走过一个男人来。他也是刚从噩梦中醒来的脸色与欢欣，两只手要抱又不敢抱似的，用着怜惜惊奇的眼光，向我注视，医生笑了："这孩子好罢？"他不好意思似

的，嚅嗫着："这孩子脑袋真长。"这时我猛然觉得我的头痛极了，我又哭起来了："父亲呀，您不知道呀，我的脑壳挤得真痛呀。"

医生笑了："可了不得，这么大的声音！"一个护士站在旁边，微笑的将我接了过去。

进到一间充满了阳光的大屋子里。四周壁下，挨排的放着许多的小白筐床，里面卧着小朋友。有的两手举到头边，安稳的睡着；有的哭着说："我渴了呀！""我饿了呀！""我太热了呀！""我湿了呀！"抱着我的护士，仿佛都不曾听见似的，只飘速的，安详的，从他们床边走过，进到里间浴室去，将我头朝着水管，平放在水盆边的石桌上。

莲蓬管头里的温水，喷淋在我的头上，粘粘的血液全冲了下去。我打了一个寒噤，神志立刻清爽了。眼睛向上一看，隔着水盆，对面的那张石桌上，也躺着一个小朋友，另一个护士，也在替他洗着。他圆圆的头，大大的眼睛，黑黑的皮肤，结实的挺起的胸膛。他也在醒着，一声不响的望着窗外的天空。这时我已被举起，护士轻轻的托着我的肩背，替我穿起白白长长的衣裳。小朋友也穿着好了，我们欠着身隔着水盆相对着。洗我的护士笑着对她的同伴说："你的那个孩子真壮真大呵，可不如我的这个白净秀气！"这时小朋友抬起头来注视着我，似轻似怜的微笑着。

我羞怯地轻轻的说："好呀，小朋友。"他也谦和的说："小朋友好呀。"这时我们已被放在相挨的两个小筐床里，护士们都走了。

我说："我的周身好疼呀，最后四个钟头的挣扎，真不容易，你呢？"

他笑了，握着小拳："我不，我只闷了半个钟头呢。我没有受苦，我母亲也没有受苦。"

我默然，无聊的叹一口气，四下里望着。他安慰我说："你乏了，睡罢，我也要养一会儿神呢。"

我从浓睡中被抱了起来，直抱到大玻璃门边。门外甬道里站着好几个少年男女，鼻尖和两手都抵住门上玻璃，如同一群孩子，站在陈列圣诞节礼物的窗外，那种贪馋羡慕的样子。他们喜笑的互相指点谈论，说我的眉毛像姑姑，眼睛像舅舅，鼻子像叔叔，嘴像姨，仿佛要将我零碎吞并了去似的。

我闭上眼，使劲地想摇头，却发觉了脖子在痛着，我大哭了，说："我只是我自己呀，我谁都不像呀，快让我休息去呀！"

护士笑了，抱着我转身回来，我还望见他们三步两回头的，彼此笑着推着出去。

小朋友也醒了，对我招呼说："你起来了，谁来看你？"我一面被放下，一面说："不知道，也许是姑姑舅舅们，好些个年轻人，他们似乎都很爱我。"

小朋友不言语，又微笑了："你好福气，我们到此已是第二天了，连我的父亲我还没有看见呢。"

我竟不知道昏昏沉沉之中，我已睡了这许久。这时觉得浑身痛得好些，底下却又湿了，我也学着断断续续的哭着说："我湿了呀！我湿了呀！"果然不久有个护士过来，抱起我。我十分欢喜，不想她却先给我水喝。

大约是黄昏时候，乱哄哄的三四个护士进来，硬白的衣裙哗哗的响着。她们将我们纷纷抱起，一一的换过尿布。小朋友很欢喜，说："我们都要看见我们的母亲了，再见呀。"

小朋友是和大家在一起，在大床车上推出去的。我是被抱起出去的。过了玻璃门，便走入甬道右边的第一个屋子。母亲正在很高的白床

上躺着,用着渴望惊喜的眼光来迎接我。护士放我在她的臂上,她很羞缩的解开怀。她年纪仿佛很轻,很黑的秀发向后拢着,眉毛弯弯的淡淡的像新月。没有血色的淡白的脸,衬着很大很黑的眼珠,在床侧暗淡的一圈灯影下,如同一个石像!

我开口吮咂着奶。母亲用面颊偎着我的头发,又摩弄我的指头,仔细的端详我,似乎有无限的快慰与惊奇。

二十分钟过去了,我还没有吃到什么。我又饿,舌尖又痛,就张开嘴让奶头脱落出来,烦恼的哭着。母亲很恐惶的,不住的摇拍我,说:"小宝贝,别哭,别哭!"一面又赶紧按了铃,一个护士走了进来。母亲笑说:"没有别的事,我没有奶,小孩子直哭,怎么办?"护士也笑着,说:"不要紧的,早晚会有,孩子还小,他还不在乎呢。"一面便来抱我,母亲恋恋的放了手。

我回到我的床上时,小朋友已先在他的床上了,他睡的很香,梦中时时微笑,似乎很满足,很快乐。我四下里望着。许多小朋友都快乐的睡着了。有几个在半醒着,哼着玩似的,哭了几声。我饿极了,想到母亲的奶不知何时才来,我是很在乎的,但是没有人知道。看着大家都饱足的睡着,觉得又嫉妒,又羞愧,就大声的哭起来,希望引起人们的注意。我哭了有半点多钟,才有个护士过来,娇痴的撅着嘴,抚拍着我,说:"真的!你妈妈不给你饱吃呵,喝点水罢!"她将水瓶的奶头塞在我嘴里,我哼哼的呜咽的含着,一面慢慢的也睡着了。

第二天洗澡的时候,小朋友和我又躺在水盆的两边谈话。他精神很饱满。在被按洗之下,他摇着头,半闭着眼,笑着说:"我昨天吃了一顿饱奶!我母亲黑黑圆圆的脸,很好看的。我是她的第五个孩子呢。她和护士说她是第一次进医院生孩子,是慈幼会介绍来的,我父亲很穷,是个屠户，宰猪的。"——这时一滴硼酸水忽然洒上他的眼睛，他厌烦的喊了几声，挣扎着又睁开眼，说："宰猪的！多痛快，白刀子进去，红刀子出来！我大了，也学我父亲，宰猪，——不但宰猪，也宰那些猪一般的尽吃不做的人！"

我静静的听着，到了这里赶紧闭上眼，不言语。

小朋友问说："你呢？吃饱了罢？你母亲怎样？"

我也兴奋了："我没有吃到什么，母亲的奶没有下来呢，护士说一两天就会有的。我母亲真好，她会看书，床边桌上堆着许多书，屋里四面也摆满了花。"

"你父亲呢？"

"父亲没有来，屋里只她一个人。她也没有和人谈话，我不知道关于父亲的事。"

"那是头等室，"小朋友肯定的说，"一个人一间屋子吗！我母亲那里却热闹，放着十几张床呢。许多小朋友的母亲都在那里，小朋友们也都吃得饱。"

明天过来，看见父亲了。在我吃奶的时候，他侧着身，倚在母亲的枕旁。他们的脸紧挨着，注视着我。父亲很清癯的脸。皮色淡黄。很长的睫毛，眼神很好。仿佛常爱思索似的，额上常有微微的皱纹。

父亲说："这回看的细，这孩子美的很呢，像你！"

母亲微笑着，轻轻的摩我的脸："也像你呢，这么大的眼睛。"

父亲立起来，坐到床边的椅上，牵着母亲的手，轻轻的拍着："这下子，我们可不寂寞了，我下课回来，就帮助你照顾他，同他玩；放假的时候，就带他游山玩水去。——这孩子一定要注意身体，不要像我。我虽不病，却不是强壮……"

母亲点头说:"是的——他也要早早的学音乐,绘画,我自己不会这些,总觉得生活不圆满呢!还有……"

父亲笑了:"你将来要他成个什么'家'?文学家?音乐家?"

母亲说:"随便什么都好——他是个男孩子呢。中国需要科学,恐怕科学家最好。"

这时我正咂不出奶来,心里烦躁得想哭。可是听他们谈的那么津津有味,我也就不言语。

父亲说:"我们应当替他储蓄教育费了,这笔款越早预备越好。"

母亲说:"忘了告诉你,弟弟昨天说,等孩子到了六岁,他送孩子一辆小自行车呢!"

父亲笑说:"这孩子算是什么都有了,他的摇篮,不是妹妹送的么?"

母亲紧紧的搂着我,亲我的头发,说:"小宝贝呵,你多好,这么些个人疼你!你大了,要做个好孩子……"

挟带着满怀的喜气,我回到床上,也顾不得饥饿了,抬头看小朋友,他却又在深思呢。

我笑着招呼说:"小朋友,我看见我的父亲了。他也极好。他是个教员。他和母亲正在商量我将来教育的事。父亲说凡他所能做到的,对于我有益的事,他都努力。母亲说我没有奶吃不要紧,回家去就吃奶粉,以后还吃桔子汁,还吃……"我一口气说了下去。

小朋友微笑了,似怜悯又似鄙夷:"你好幸福呵,我是回家以后,就没有奶吃了。今天我父亲来了,对母亲说有人找她当奶妈去。一两天内我们就得走了!我回去跟着六十多岁的祖母。我吃米汤,糕干……但是我不在乎!"

我默然，满心的高兴都消失了，我觉得惭愧。

小朋友的眼里，放出了骄傲勇敢的光："你将永远是花房里的一盆小花，风雨不侵的在划一的温度之下，娇嫩的开放着。我呢，是道旁的小草。人们的践踏和狂风暴雨，我都须忍受。你从玻璃窗里，遥遥的外望，也许会可怜我。然而在我的头上，有无限阔大的天空；在我的四周，有呼吸不尽的空气。有自由的蝴蝶和蟋蟀在我的旁边歌唱飞翔。我的勇敢的卑微的同伴，是烧不尽割不完的。在人们脚下，青青的点缀遍了全世界！"

我窘得要哭，"我自己也不愿意这样的娇嫩呀！……"我说。

小朋友惊醒了似的，缓和了下来，温慰我说："是呀，我们谁也不愿意和谁不一样，可是一切种种把我们分开了，——看后来罢！"

窗外的雪不住的在下，扯棉搓絮一般，绿瓦上匀整的堆砌上几道雪沟。母亲和我是要回家过年的。小朋友因为他母亲要去上工，也要年前回去。我们只有半天的聚首了，茫茫的人海，我们从此要分头消失在一片纷乱的城市叫嚣之中，何时再能在同一的屋瓦之下，抵足而眠？

我们恋恋的互视着。暮色昏黄里，小朋友的脸，在我微晕的眼光中渐渐的放大了。紧闭的嘴唇，紧锁的眉峰，远望的眼神，微微突出的下颏，处处显出刚决和勇毅。"他宰猪——宰人？"我想着，小手在衾底伸缩着，感出自己的渺小！

从母亲那里回来，互相报告的消息，是我们都改成明天——一月一日——回去了！我的父亲怕除夕事情太多，母亲回去不得休息。小朋友的父亲却因为除夕自己出去躲债，怕他母亲回去被债主包围，也不叫她离院。我们凭空又多出一天来！

自夜半起便听见爆竹，远远近近的连续不断。绵绵的雪中，几声寒

犬，似乎告诉我们说人生的一段恩仇，至此又告一小小结束。在明天重戴起谦虚欢乐的假面具之先，这一夜，要尽量的吞噬，怨詈，哭泣。万千的爆竹声里，阴沉沉的大街小巷之中，不知隐伏着几千百种可怖的情感的激荡……

我栗然，回顾小朋友。他咬住下唇，一声儿不言语。——这一夜，缓流的水一般，细细的流将过去。将到天明，朦胧里我听见小朋友在他的床上叹息。

天色大明了。两个护士脸上堆着新年的笑，走了进来，替我们洗了澡。一个护士打开了我的小提箱，替我穿上小白绒紧子，套上白绒布长背心和睡衣。外面又穿戴上一色的豆青绒线裤子，帽子和袜子。穿着完了，她抱起我，笑说："你多美呵，看你妈妈多会打扮你！"我觉得很软适，却又很热，我暴躁得想哭。

小朋友也被举了起来。我愣然，我几乎不认识他了！他外面穿着大厚蓝布棉袄，袖子很大很长，上面还有拆改补缀的线迹；底下也是洗得褪色的蓝布的围裙。他两臂直伸着，头面埋在青棉的大风帽之内，臃肿得像一只风筝！我低头看着地上堆着的，从我们身上脱下的两套同样的白衣，我忽然打了一个寒噤。我们从此分开了，我们精神上，物质上的一切都永远分开了！

小朋友也看见我了，似骄似惭的笑了一笑说："你真美呀，这身美丽温软的衣服！我的身上，是我的铠甲，我要到社会的战场上，同人家争饭吃呀！"

护士们匆匆的捡起地上的白衣，扔入筐内。又匆匆的抱我们出去。走到玻璃门边，我不禁大哭起来。小朋友也忍不住哭了，我们乱招着手说："小朋友呀！再见呀！再见呀！"——一路走着，我们的哭声，便在甬道的两端消失了。

母亲已经打扮好了，站在屋门口。父亲提着小箱子，站在她旁边。看见我来，母亲连忙伸手接过我，仔细看我的脸，拭去我的眼泪，偎着我，说："小宝贝，别哭！我们回家去了，一个快乐的家，妈妈也爱你，爸爸也爱你！"

一个轮车推了过来，母亲替我围上小豆青绒毯，抱我坐上去。父亲跟在后面。和相送的医生护士们道过谢，说过再见，便一齐从电梯下去。

从两扇半截的玻璃门里，看见一辆汽车停在门口。父亲上前开了门，吹进一阵雪花，母亲赶紧遮上我的脸。似乎我们又从轮车中下来，出了门，上了汽车，车门砰的一声关上了。母亲掀起我脸上的毯子，我看见满车的花朵。我自己在母亲怀里，父亲和母亲的脸夹偎着我。

这时车已徐徐的转出大门。门外许多洋车拥挤着，在他们纷纷让路的当儿，猛抬头我看见我的十日来朝夕相亲的小朋友！他在他父亲的臂里。他母亲提着青布的包袱。两人一同侧身站在门口，背向着我们。他父亲头上是一顶宽檐的青毡帽，身上是一件大青布棉袍。就在这宽大的帽檐下，小朋友伏在他的肩上，面向着我，雪花落在他的眉间，落在他的颊上。他紧闭着眼，脸上是凄傲的笑容……他已开始享乐他的奋斗！……

车开出门外，便一直的飞驰。路上雪花飘舞着。隐隐的听得见新年的锣鼓。母亲在我耳旁，紧偎着说："宝贝呀，看这一个平坦洁白的世界呀！"

我哭了。

美文赏析

　　这是一篇构思精巧的小说，作者以第一人称"我"为叙述视角，借一个刚刚出生的婴儿的所闻所见，揭示出由于社会地位的不同，人在呱呱坠地的一瞬间便有了高低贵贱之分，有了各自不同的命运与前途，从此在"……精神上，物质上的一切都永远分开了"。作者借"我"与"小朋友"的谈话，表达了对如"小朋友"一般低贱的"道旁的小草"的赞美，对如"我"一般娇贵的"花房里的一盆小花"的悲哀与同情。在作者看来，"小朋友"虽然出身低贱，却有着旺盛的生命力和与生俱来的反抗压迫、蔑视权贵的精神。他对"我""又怜悯又鄙夷"的表情，他日后做屠夫"……宰猪，也宰那些猪一般的尽吃不做的人"都展现出了这种精神。他虽是道旁的小草，却装点着世界，是使世界美丽的一分子。作者以此赞美了如"小朋友"般的劳苦大众，赞美了他们顽强的生命力及天然的革命精神，从而使小说的思想内容达到了一个崭新的高度。

● 写作借鉴

　　第一人称叙述，即作者在文章中以"我"的口吻进行叙述。采用第一人称叙述，不仅可以拉近与读者的距离，使读者感到亲切，而且可以使文章更加真实可信。在《分》中，作者便使用第一人称，拉近了"我"与读者之间的距离，使读者认为"我"所说的一切都是亲身经历的，从而增强了文章的说服力。

● 延伸思考

　　根据自己的亲身体会，谈一谈你对《分》这篇文章的理解。

冬儿姑娘

"是呵,谢谢您,我喜,您也喜,大家同喜!太太,您比在北海养病,我陪着您的时候,气色好多了,脸上也显着丰满!日子过的多么快,一转眼又是一年了。提起我们的冬儿,可是有了主儿了,我们的姑爷在清华园当茶役,这年下就要娶。姑爷岁数也不大,家里也没有什么人。可是您说的'大喜',我也不为自己享福,看着她有了归着,心里就踏实了,也不枉我吃了十五年的苦。

"说起来真像故事上的话,您知道那年庆王爷出殡,……那是哪一年?……我们冬儿她爸爸在海淀大街上看热闹,这么一会儿的工夫就丢了。那天我们两个人倒是拌过嘴,我还当是他赌气进城去了呢,也没找他。过了一天,两天,三天,还不来,我才慌了,满处价问,满处价打听,也没个影儿。也求过神,问过卜,后来一个算命的,算出说他是往西南方去了,有个女人绊住他,也许过了年会回来的。我稍微放点心,我想,他又不是小孩子,又是本地人,哪能说丢就丢了呢,没想到……如今已是十五年了!

"那时候我们的冬儿才四岁。她是'立冬'那天生的,我们就这么一个孩子。她爸爸本来在内务府当差,什么杂事都能做,糊个棚呀干点什么的,也都有碗饭吃。自从前清一没有了,我们就没了落儿了。我们十几年的夫妻,没红过脸,到了那时实在穷了,才有时急得彼此抱怨几

句，谁知道这就把他逼走了呢？

"我抱着冬儿哭了三整夜，我哥哥就来了，说：'你跟我回去，我养活着你。'太太，您知道，我哥哥家那些个孩子，再加上我，还带着冬儿，我嫂子嘴里不说，心里还能喜欢么？我说：'不用了，说不定你妹夫他什么时候也许就回来，冬儿也不小了，我自己想想法子看。'我把他回走了。以后您猜怎么着，您知道圆明园里那些大柱子，台阶儿的大汉白玉，那时都有米铺里雇人来把它砸碎了，掺在米里，好添分量，多卖钱。我那时就天天坐在那漫荒野地里砸石头。一边砸着石头，一边流眼泪。冬天的风一吹，眼泪都冻在脸上了。回家去，冬儿自己爬在炕上玩，有时从炕上掉了下来，就躺在地下哭。看见我，她哭，我也哭，我那时哪一天不是眼泪拌着饭吃的！

"去年北海不是在'霜降'那天下的雪么？我们冬儿给我送棉袄来了，太太您记得？傻大黑粗的，眼梢有点往上吊着？这孩子可是利害，从小就是大男孩似的，一直到大也没改。四五岁的时候，就满街上和人抓子儿，押摊，耍钱，输了就打人，骂人，一街上的孩子都怕她！可是有一样，虽然蛮，她还讲理。还有一样，也还孝顺，我说什么，她听什么，我呢，只有她一个，也轻易不说她。

"她常说：'妈，我爸爸撇下咱们娘儿俩走了，你还想他呢？你就靠着我得了。我卖鸡子，卖柿子，卖萝卜，养活着你，咱们娘儿俩厮守着，不比有他的时候还强么？你一天里淌眼抹泪的，当的了什么呀？'真的，她从八九岁就会卖鸡子，上清河贩鸡子去，来回十七八里地，挑着小挑子，跑的比大人还快。她不打价，说多少钱就多少钱，人和她打价，她挑起挑儿来就走，头也不回。可是价钱也公道，海淀这街上，谁不是买她的？还有一样，买了别人的，她就不依，就骂。

"不卖鸡子的时候，她就卖柿子，花生。说起来还有可笑的事呢，您知道西苑常驻兵，这些小贩子就怕大兵，卖不到钱还不算，还常捱打受骂的。她就不怕大兵，一早晨就挑着柿子什么的，一直往西苑去，坐在那操场边上，专卖给大兵。一个大钱也没让那些大兵欠过。大兵凶，她更凶，凶的人家反笑了，倒都让着她。等会儿她卖够了，说走就走，人家要买她也不给。那一次不是大兵追上门来了？我在院子里洗衣裳，她前脚进门，后脚就有两个大兵追着，吓得我们一跳，我们一院子里住着的人，都往屋里跑。大兵直笑直嚷着说：'冬儿姑娘，冬儿姑娘，再卖给我们两个柿子。'她回头把挑儿一放，两只手往腰上一叉说：'不卖给你，偏不卖给你，买东西就买东西，谁和你们嬉皮笑脸的！你们趁早给我走！'我吓得直哆嗦！谁知道那两个大兵倒笑着走了。您瞧这孩子的胆！

"那一年她有十二三岁，张宗昌败下来了，他的兵就驻在海淀一带。这张宗昌的兵可穷着呢，一个个要饭的似的，袜子鞋都不全，得着人家儿就拍门进去，翻箱倒柜的，还管是住着就不走了。海淀这一带有点钱的都跑了，大姑娘小媳妇儿的，也都走空了。我是又穷又老，也就没走，我哥哥说：'冬儿倒是往城里躲躲罢。'您猜她说什么，她说：'大舅舅，您别怕，我妈不走，我也不走，他们吃不了我，我还要吃他们呢！'可不是她还吃上大兵么？她跟他们后头走队唱歌的，跟他们混得熟极了，她哪一天不吃着他们那大笼屉里蒸的大窝窝头？

"有一次也闯下祸——那年她是十六岁了，——有几个大兵从西直门往西苑拉草料，她叫人家把草料卸在我们后院里，她答应晚上请人家喝酒。我是一点也不知道，她在那天下午就躲开了。晚上那几个大兵来了，吓得我要死！知道冬儿溜了，他们恨极了，拿着马鞭子在海淀街上

找了她三天。后来亏得那一营兵开走了，才算没有事。

"冬儿是躲到她姨儿，我妹妹家去了。我的妹妹家住在蓝旗，有个菜园子，也有几口猪，还开个小杂货铺。那次冬儿回来了，我就说：'姑娘你岁数也不小了，整天价和大兵捣乱，不但我担惊受怕，别人看着也不像一回事，你说是不是？你倒是先住在你姨儿家去，给她帮帮忙，学点粗活，日后自然都有用处……'她倒是不刁难，笑嘻嘻的就走了。

"后来，我妹妹来说：'冬儿倒是真能干，真有力气，浇菜，喂猪，天天一清早上西直门取货，回来还来得及做饭。做事是又快又好，就是有一样，脾气太大！稍微的说她一句，她就要回家。'真的，她在她姨儿家住不上半年就回来过好几次，每次都是我劝着她走的。不过她不在家，我也有想她的时候。那一回我们后院种的几棵老玉米，刚熟，就让人拔去了，我也没追究。冬儿回来知道了，就不答应说：'我不在家，你们就欺负我妈了，谁拔了我的老玉米，快出来认了没事，不然，谁吃了谁嘴上长疔！'她坐在门槛上直直骂了一下午，末后有个街坊老太太出来笑着认了，说：'姑娘别骂了，是我拔的，也是闹着玩。'这时冬儿倒也笑了说：'您吃了就告诉我妈一声，还能不让您吃吗？明人不做暗事，您这样叫我们小孩子瞧着也不好！'一边说着，这才站起来，又往她姨儿家里跑。

"我妹妹没有儿女。我妹夫就会耍钱，不做事。冬儿到他们家，也学会了打牌，白天做活，晚上就打牌，也有一两块钱的输赢。她打牌是许赢不许输，输了就骂。可是她打的还好，输的时候少，不然，我的这点儿亲戚，都让她给骂断了！

"在我妹妹家两年，我就把她叫回来了，那就是去年，我跟您到北海去，叫她回来看家。我不在家，她也不做活，整天里自己做了饭吃了，就把门锁上，出去打牌。我听见了，心里就不痛快。您从北海一回来，我就赶紧回家去，说了她几次，勾起胃口疼来，就躺下了。我妹妹来了，给我请了个瞧香的，来看了一次，她说是因为我那年为冬儿她爸爸许的愿，没有还，神仙就罚我病了。冬儿在旁边听着，一声儿也没言语。谁知道她后脚就跟了香头去，把人家家里神仙牌位一顿都砸了，一边还骂着说：'还什么愿！我爸爸回来了么？就还愿！我砸了他的牌位，他敢罚我病了，我才服！'大家死劝着，她才一边骂着，走了回来。我妹妹和我知道了，又气，又害怕，又不敢去见香头。谁知后来我倒也好了，她也没有什么。真是，'神鬼怕恶人'……

"我哥哥来了，说：'冬儿年纪也不小了，赶紧给她找个婆家罢，"恶事传千里"，她的利害名儿太出远了，将来没人敢要！'其实我也早留心了，不过总是高不成低不就的。有个公公婆婆的，我又不敢答应，将来总是麻烦，人家哪能像我似的，什么都让着她？那一次有人给提过亲，家里也没有大人，孩子也好，就是时辰不对，说是犯克。那天我合婚去了，她也知道，我去了回来，她正坐在家里等我，看见我就问：'合了没有？'我说：'合了，什么都好，就是那头命硬，说是克丈母娘。'她就说：'那可不能做！'一边说着又拿起钱来，出去打牌去了。我又气，又心疼。这会儿的姑娘都脸大，说话没羞没臊的！

"这次总算停当了，我也是一块石头落了地！

"谢谢您，您又给这许多钱，我先替冬儿谢谢您了！等办过了事，我再带他们来磕头。……您自己也快好好的保养着，刚好别太劳动了，重复了可不是玩的！我走了，您，再见。"

美文赏析

在这篇小说中,作者为我们塑造了一位泼辣、大胆,且具有野性之美的少女形象,从而以小见大,指出了民族复兴的希望所在。在小说中,冬儿姑娘与父辈截然不同,她不像父辈那样安于现状,逆来顺受,默默忍受生活中的压迫。她自小便养成了蛮横的性格,敢打敢拼,懂得通过自己的力量获得属于自己的生活。她不向黑暗、残酷的生活低头,不再像父亲那样通过逃避现实来回避问题,而是以自己刚毅的内心来努力改变自己的境遇。她认识到反抗的力量,因此她不怕大兵、不怕鬼神,通过毁灭这些压迫父辈的黑暗力量,她为自己争取到了生存的权利,也收获了自己的幸福。虽然,作者亦写了冬儿姑娘沾染上了赌博的恶习,但也是为了展现她蕴藏在内心的原始力量,展现她"只许赢,不许输"的反抗精神。通过冬儿姑娘,作者刻画出了一代新人的形象——热爱生活、敢于反抗、积极争取属于自己的生存权利,并对其寄予厚望,相信依靠这新生的力量,一定可以改变民族孱弱的现状,一定可以实现民族的复兴。

● **好词好句**

抱怨　漫荒野地　厮守　哆嗦　翻箱倒柜　追究

● **延伸思考**

根据文章内容,说一说冬儿姑娘与她的父母有什么不同之处。

好妈妈

今天一早,小弟和小妹就把我吵醒了,小弟说小妹拿了他的袜子,小妹说小弟穿了她的衣服,两个人站在床上,乱拉乱扯的,把衣服都甩在地下了。我急得直喊:"妈妈,您快来吧,他们又吵呢,星期日早上也不让人多睡一会儿!"

爸爸从外屋进来了,轻轻地说:"别吵了,妈妈做着饭呢,你们总不让妈妈安静一会儿。"爸爸一面说一面就帮他们穿衣服,又把他们带了出去。

我又往被窝里一缩,使劲闭上眼,可是怎么也睡不着了。我想起我今天下午还要过队日呢,不知道妈妈把我的那件衣服洗好了没有?我的功课还拉下了许多,今天上午一定做不完。星期日总是我最忙的日子!

我越想越睡不着,赶紧穿衣服起来,把被窝往后一推,忙忙地出去梳头洗脸,从桌上拿起早饭就吃,一边问妈妈:"昨天我脱下来的那件制服,您给我洗了没有?我今天下午过队日要穿。"

妈妈正在收拾屋子,听我这末一问就愣了一下,说:"你那件衣服不是刚换的么?怎么又弄脏了?"

我急了,说:"换倒是刚换了的,可是袖子上让同学给弄上了些墨水,昨天晚上我脱下来,忘了告诉您了。反正我今天不能穿它去,多难看呀!"

妈妈叹口气说:"好吧,等我完了事,赶着给你洗,可是不一定干得了——你怎么又过队日了?我今天下午有事,还指着你给我看小弟小

妹呢。"我瞪着眼摇着头说："不行，过队日不能不去！每星期日您总是有事，可是我也有我的事呀。您做事就是没有计划，老师说了，我们应该懂得怎样分配时间，凡是按着计划安排好，就不会忙了，我劝您以后也得订一下计划！"

爸爸走过来说："你叫妈妈怎么订计划呀？你的衣服刚穿上就弄脏了，早也不告诉妈妈，今天过队日也不早告诉妈妈！"我没有答话，丢下饭碗就到里屋去了，我必须得抓紧时间做点功课，下午就没有工夫了。

进屋一看，小弟和小妹正在翻我的书包呢，他们把我的书本呀，铅笔盒儿什么的，都拉出来了。我连忙把他们推开，把书本整理一下，发现我那本算术不见了，我急得又喊："妈妈您看他们多讨厌，尽动我的东西，把我的那本算术也弄没啦！"妈妈走进来说："你那本算术是你自己放在桌上的，我给收在抽屉里了。你自个的书总不归着好，书包也不挂起来，还老说小弟小妹动你的东西！"

这时候小弟和小妹已经溜到外屋，爸爸把他们带到外面玩去了。

我气呼呼地从抽屉里翻出那本算术来，想坐下来做几道习题，可是桌上堆得满满的，什么茶杯啦，热水瓶啦，书啦，一点地方都没有！

乱，乱，真是乱死了！妈妈整天抓起这个，扔下那个，也不知道忙些什么，家里总是乱七八糟的！我就是佩服隔壁的李大娘，她家里总是整整齐齐的，李永珍身上的衣服也总是干干净净的，他们家的孩子比我们家还多呢，人家李大娘怎么一点也不乱呢。

我想：我到李家做功课去吧，她们那里总是清静的，孩子们也不闹，李大爷喜欢我们，总和我们大说大笑的，永珍也会帮助我。我一边想着，一边就拿起书本往李家跑。

我一走进李家门，看见他们屋里早已收拾得干干净净的。永珍的姐姐永瑛是个中学生，今天也在家，正在抹桌子，永珍带着她的小弟小妹正在书桌上画画呢。李大爷和李大娘在里屋换着衣服，仿佛要出门去。李大娘看见我就笑着说："早呀，小琴真是个好学生，星期日还用功。你妈妈做什么呢？"我说："我妈妈忙着收拾屋子呢，您这么早就出门呀？"李大娘说："可不是，永珍她们说今天早场的电影好，你李大爷一早去买了票，说陪我去看。我说星期日家里人多事多，我就不去吧，可是他们一定要让我去。"李大爷笑着说："人多就应该事少。本来星期日都应该休息嘛，我们工人星期日不上班，学生们星期日也不上课，只有你们家庭妇女，一年到头都没有休息。"李大爷回头又对永瑛笑着说："你平常还总写信回家说'亲爱的妈妈，那双新鞋子做好了没有？星期日我要带走，我的鞋子又破了。'要不然就说：'亲爱的妈妈，我想吃饺子，这个星期日您给我预备点饺子吧。'好像在星期日我们都休息的时候，你们亲爱的妈妈就得加班似的，对不对？"

永瑛笑着说："不对，我已经有一年多没让妈妈给我做鞋子了，我自己会做了！"永珍也笑着说："不对，现在每天我们总是帮妈妈做事了！"李小弟和李小妹也跟着笑嚷嚷地说："不对，不对，我们都乖了，都不闹了，都不要跟妈妈出门了。"李大爷说："这就对了，你们不但在学校里要做好学生、好队员，在家里也要做个好孩子，这样才……"李大娘赶紧接着说："她们现在可真都会帮忙啦，你也不必尽着说了。"永瑛和永珍都笑了说："好了，亲爱的妈妈，你们快走吧，回头把电影也误了！"李大娘站起来说："那我们就走啦，今天中午就吃炸酱面吧，肉和酱都在柜里呢。"永瑛笑说："知道了，我们一定误不了，您中午回来准有面吃。"李大爷笑着就跟在李大娘后面出去了，李小弟和李小妹追出门外，笑着喊："妈妈，再见！"

他们刚走出去，永瑛就问永珍："昨晚上换下的那一堆脏衣服，妈都藏在哪儿去啦！趁早上没事拿给我洗了吧。"永珍说："妈洗啦，你每星期才回来一天半天的，叫你休息休息，或者做上一点功课，那些衣服她明天有空洗，不让你洗呢。"永瑛说："我的功课都做完了，替妈妈劳动，本是在我的计划里面的，一点也不耽误我的事。我一边洗衣服一边和你们谈话，也就是休息了。"永珍就进屋去，抱出一堆衣服来，永瑛就坐在屋角那边去洗。

这时候，永珍拉我在书桌边坐下，问我要温习什么。我说我要做算术习题，问她要不要和我一块儿做。永珍说："我的算术习题都做完了，不过我可以帮助你。"说着她又从炉子上拿下烧着的烙铁来，一面熨着她自己下午过队日穿的衣服，一面回答我的问题。

我低着头做算术习题，心里却翻腾得厉害，耳朵里只听见永瑛洗衣服嚓嚓的声音，和永珍熨衣服嗤嗤的声音，这时屋里安静极了。我心里想："我平常总是拿大娘和妈妈比，觉得李大娘比妈妈能干得多，今天才知道永珍和永瑛还替她们的妈妈做了这么多的事！现在永珍的妈妈出去看电影去了，而我的妈妈还在给我赶着洗衣服呢！"

我越想越坐不住，站起来就要走。永瑛叫住我说："今天下午在你们家里开家属委员会，你又不在家，有什么事要我帮忙，就请陈大娘告诉我一声吧。"我说："我妈妈只说下午有事，并没有告诉我是家属委员会在家里开会，她本来叫我替她看着小弟和小妹，这样您就替我们看着吧。"永瑛说："陈大娘刚选上家属委员会的副主席，你不知道吗？她可积极啦！这些日子为着反对使用原子武器的签名运动啦，爱国卫生运动啦，一天到晚地忙，我妈妈说我们都得帮她点忙，别让她累坏了！"

我拿起书就往家跑，妈妈正要替我洗那件衣服呢，我连忙把衣服拿过来说："您不用洗了，这件衣服我还可以穿。还有，您下午开会忙，我已经托了李永瑛替我看小弟小妹了，您放心吧！"说着我就跑进里屋去，急急忙忙地把床上的被窝都好好地叠起来，把桌子上的东西都归着好了，正要出来拿扫帚扫地，抬头看见妈妈正站在门口看着我呢，她满脸是惊讶高兴的笑容，说："小琴，你今天怎么这样勤快呀？"

我反而不好意思了，我红着脸低着头说："从今起我要天天帮您做事了，好——妈——妈。"

美文赏析

在这篇文章中，作者以欲扬先抑的手法，为我们刻画出一位勤劳善良、任劳任怨、关爱社会的"好妈妈"形象。作者首先描述了"我"家中混乱的景象，既指出了"我"抱怨妈妈的原因，又暗示出妈妈家务劳作的繁重。之后，通过对李大娘一家互爱互助、其乐融融的描述，"我"的内心深受触动，从而突显出妈妈任劳任怨，独自一人操持家务的辛苦。最后，作者通过永瑛之口，道出妈妈在繁重的家务劳动之余仍积极参加社会活动，关爱他人，从而深化了妈妈的形象，使妈妈的形象达到了一个新的高度。

● **好词好句**

气呼呼　乱七八糟　佩服　整整齐齐　干干净净　翻腾

● **延伸思考**

想一想，文中的"我"为什么最后称自己的母亲为"好妈妈"。

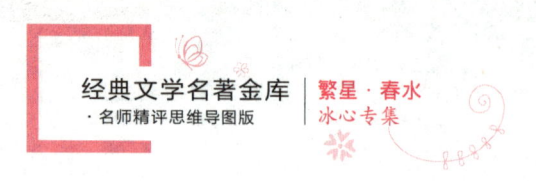

小桔灯

这是十几年以前的事了。

在一个春节前一天的下午,我到重庆郊外去看一位朋友。她住在那个乡村的乡公所楼上。走上一段阴暗的仄仄的楼梯,进到一间有一张方桌和几张竹凳、墙上装着一架电话的屋子,再进去就是我的朋友的房间,和外间只隔一幅布帘。她不在家,窗前桌上留着一张条子,说是她临时有事出去,叫我等着她。

我在她桌前坐下,随手拿起一张报纸来看,忽然听见外屋板门吱地一声开了,过了一会,又听见有人在挪动那竹凳子。我掀开帘子,看见一个小姑娘,只有八九岁光景,瘦瘦的苍白的脸,冻得发紫的嘴唇,头发很短,穿一身很破旧的衣裤,光脚穿一双草鞋,正在登上竹凳想去摘墙上的听话器,看见我似乎吃了一惊,把手缩了回来。我问她:"你要打电话吗?"她一面爬下竹凳,一面点头说:"我要××医院,找胡大夫,我妈妈刚才吐了许多血!"我问:"你知道××医院的电话号码吗?"她摇了摇头说:"我正想问电话局……"我赶紧从机旁的电话本子里找到医院的号码,就又问她:"找到了大夫,我请他到谁家去呢?"她说:"你只要说王春林家里病了,她就会来的。"

我把电话打通了,她感激地谢了我,回头就走。我拉住她问:"你的家远吗?"她指着窗外说:"就在山窝那棵大黄果树下面,一下子就走到的。"说着就登、登、登地下楼去了。

我又回到里屋去，把报纸前前后后都看完了，又拿起一本《唐诗三百首》来，看了一半，天色越发阴沉了，我的朋友还不回来。我无聊地站了起来，望着窗外浓雾里迷茫的山景，看到那棵黄果树下面的小屋，忽然想去探望那个小姑娘和她生病的妈妈。我下楼在门口买了几个大红桔子，塞在手提袋里，顺着歪斜不平的石板路，走到那小屋的门口。

我轻轻地叩着板门，刚才那个小姑娘出来开了门，抬头看了我，先愣了一下，后来就微笑了，招手叫我进去。这屋子很小很黑，靠墙的板铺上，她的妈妈闭着眼平躺着，大约是睡着了，被头上有斑斑的血痕，她的脸向里侧着，只看见她脸上的乱发，和脑后的一个大髻。门边一个小炭炉，上面放着一个小沙锅，微微地冒着热气。这小姑娘把炉前的小凳子让我坐了，她自己就蹲在我旁边。不住地打量我。我轻轻地问："大夫来过了吗？"她说："来过了，给妈妈打了一针……她现在很好。" 她又像安慰我似的说："你放心，大夫明早还要来的。"我问："她吃过东西吗？这锅里是什么？"她笑说："红薯稀饭——我们的年夜饭。"我想起了我带来的桔子，就拿出来放在床边的小矮桌上。她没有作声，只伸手拿过一个最大的桔子来，用小刀削去上面的一段皮，又用两只手把底下的一大半轻轻地揉捏着。

我低声问："你家还有什么人？"她说："现在没有什么人，我爸爸到外面去了……"她没有说下去，只慢慢地从桔皮里掏出一瓣一瓣的桔瓣来，放在她妈妈的枕头边。

炉火的微光，渐渐地暗了下去，外面变黑了。我站起来要走，她拉住我，一面极其敏捷地拿过穿着麻线的大针，把那小桔碗四周相对地穿起来，像一个小筐似的，用一根小竹棍挑着，又从窗台上拿了一段短短

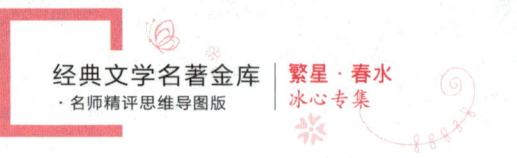

的蜡头,放在里面点起来,递给我说:"天黑了,路滑,这盏小桔灯照你上山吧!"

我赞赏地接过,谢了她,她送我出到门外,我不知道说什么好,她又像安慰我似的说:"不久,我爸爸一定会回来的。那时我妈妈就会好了。"她用小手在面前画一个圆圈,最后按到我的手上:"我们大家也都好了!"显然地,这"大家"也包括我在内。

我提着这灵巧的小桔灯,慢慢地在黑暗潮湿的山路上走着。这朦胧的桔红的光,实在照不了多远,但这小姑娘的镇定、勇敢、乐观的精神鼓舞了我,我似乎觉得眼前有无限光明!

我的朋友已经回来了,看见我提着小桔灯,便问我从哪里来。我说:"从……从王春林家来。"她惊异地说:"王春林,那个木匠,你怎么认得他?去年山下医学院里,有几个学生,被当作共产党抓走了,以后王春林也失踪了,据说他常替那些学生送信……"

当夜,我就离开那山村,再也没有听见那小姑娘和她母亲的消息。

但是从那时起,每逢春节,我就想起那盏小桔灯。十二年过去了,那小姑娘的爸爸一定早回来了。她妈妈也一定好了吧?因为我们"大家"都"好"了!

美文赏析 MeiwenShangxi

《小桔灯》记述了作者十二年前遇到的一件事,并以此揭露了抗日战争即将胜利时期陪都重庆黑暗的现实——国民党疯狂镇压共产党人和革命群众。在文中,小姑娘便是万千受苦群众的代表。她小小年纪,既要担负照顾生病妈妈的重任,又要忍受父亲失踪的痛苦，而这一切都是由于国民党的反动统治造成的。在此，作者并没有直接控诉，而是通过塑造小姑娘可爱、能干、勇敢、镇定、乐观的形象，使人们自然而然地将痛恨之情加于造成这一切苦难的罪魁祸首头上。对于作者来说，小姑娘不仅是苦难的象征，更是希望的象征。她身处苦难，却时时透露着坚强与乐观，甚至安慰"我"说"一切都会好的"。她的一言一行便如同小桔灯发出的微弱的光，虽然照不到多远，却让人心生希望与力量，使"我"备感温暖，使"我"坚信革命一定会成功，光明终将战胜黑暗。

● **写作借鉴**

　　白描手法，最早是我国的一种绘画技法，指的是用墨线勾勒人物、花卉、鱼虫等形象，不涂色彩；后来被借用到文学中，指用简练的笔法，刻画事物的特征，表达作者的感情。在《小桔灯》中，作者几乎通篇运用白描手法，通过对小姑娘外貌、言谈、举止等典型特征的描写，将小姑娘可爱、能干、镇定、勇敢、乐观的形象传神地刻画了出来。

● **延伸思考**

谈一谈你对《小桔灯》最后一段内容的理解。

《冰心专集　繁星·春水》读后感

贾宝花

暑假，我读了语文老师向我们推荐的《冰心专集　繁星·春水》这本书。它里面不仅有《繁星》《春水》这两部诗集，还有一些著名的散文与小说。下面，就让我和大家分享一下我的读书心得吧。

《繁星》《春水》共有346首小诗。在这些小诗的围绕下，我仿佛置身于一个纯净、美丽的世界：头顶是深蓝的太空，繁星闪烁其间；脚下是蜿蜒的溪流，春水流向远方；耳畔回响着海的涛声；四周青峰叠翠、红叶似火……而这还不是诗人眼中最美的图景，在诗人眼中，最美的图景就是"我在母亲的怀里，母亲在小舟里，小舟在月明的大海里"。想一想，这是多么美的一幅图画呀！一轮圆圆的明月悬在天空，它的清辉洒在大海上，而我们则躺在妈妈的怀里，和妈妈一起坐在小舟中，随着海波荡漾。当我读到这儿时，我多想马上投入到妈妈的怀里呀！就这样，我在《繁星》中意兴遨游，在《春水》中思绪荡漾，和诗人一起感受着母爱的温馨、童真的可贵、自然的伟大。

诗歌后面的散文、小说也一样精彩好看。小说《分》对我启发很大，它通过一个刚刚出生的婴儿讲出了这个世界的不公平、不平等。是啊，看一看周边的同学，有的由爸爸妈妈开车接送，有的则只能挤公交车，而那些山区的孩子甚至连上学的机会都没有。难道我们从出生开始就注定是这样了吗？我不相信，我一定会找到解决它的办法的。

应该说，《冰心专集　繁星·春水》是我这个暑假读的最有意义的一本书，它既让我感受到爱的温暖，也让我了解到社会丑陋的一面，使我对这个世界有了更深刻的认识。小朋友，你也读一读吧，一定会有收获的。

谁言寸草心，报得三春晖

余妮娟

在《繁星》中，有这样一首小诗："小小的花，也想抬起头来，感谢春光的爱——然而深厚的恩慈，反使她终于沉默。母亲呵！你是那春光么？"当读到这首小诗时，我不禁想到了唐代诗人孟郊《游子吟》中的诗句——"谁言寸草心，报得三春晖？"是啊，母爱是伟大的，母恩是深厚的，母亲如春光般照耀着我们，使我们茁壮成长，我们又如何能报答她们的恩慈呢？

母爱，是冰心反复赞颂的主题之一，出现在她众多的作品中。"母亲呵！天上的风雨来了，鸟儿躲到它的巢里；心中的风雨来了，我只躲到你的怀里。"在她看来，母爱是伟大的，母亲的怀抱永远是孩子躲避风雨的港湾。是啊，想一想自己，当我伤心难过的时候，不也是躲进母亲温暖的怀抱寻求安慰吗？

我们都在母爱的呵护下成长，我们本应该深爱着母亲，然而，我们有时候爱世上其他的事物胜过了自己的母亲。冰心在《寄小读者·通讯十二》中说她"为着兄弟朋友，为着花鸟虫鱼，甚至于为着一本书一件衣服，和母亲违拗争执"。我们不也是一样吗？为着自己想要的东西，向妈妈撒娇，甚至说一些责怪妈妈的话。冰心对自己的行为深表忏悔，我们是不是也应该做一下深刻的反省呢？

"谁言寸草心，报得三春晖？"当我反复品咂这句诗时，我感到了自己在母爱面前的渺小。可是尽管渺小，我也要尽自己的一番力，要像冰心在《好妈妈》里刻画的永瑛、永珍那样，帮助自己的"好妈妈"，使我的"好妈妈"在操劳的同时，有更多的休息时间。

图书在版编目（CIP）数据

繁星；春水/闫仲渝主编. —成都：天地出版社，2020.7（2023.1重印）

（经典文学名著金库：名师精评思维导图版）

ISBN 978-7-5455-5482-3

Ⅰ. ①繁… Ⅱ. ①闫… Ⅲ. ①诗集—中国—现代 Ⅳ. ①I226

中国版本图书馆CIP数据核字（2020）第010130号

| 经典文学名著金库：名师精评思维导图版 |

FANXING CHUNSHUI

繁星 春水

出 品 人	杨　政
原　著	冰　心
主　编	闫仲渝
责任编辑	李红珍　李菁菁
责任印制	刘　元

出版发行	天地出版社
	（成都市锦江区三色路238号　邮政编码：610023）
	（北京市方庄芳群园3区3号　邮政编码：100078）
网　　址	http://www.tiandiph.com
电子邮箱	tianditg@163.com
经　　销	新华文轩出版传媒股份有限公司
印　　刷	水印书香（唐山）印刷有限公司
版　　次	2020年7月第1版
印　　次	2023年1月第8次印刷
开　　本	720mm×975mm　1/16
印　　张	16
字　　数	230千字
定　　价	25.00元
书　　号	ISBN 978-7-5455-5482-3

版权所有◆违者必究

咨询电话：（028）86361282（总编室）

购书热线：（010）67693207（营销中心）

如有印装错误，请与本社联系调换。

经典文学名著金库
名师精评思维导图版

LITERATURE OF CLASSIC

经典文学名著金库
名师精评思维导图版

LITERATURE OF CLASSIC